総合商社 特命班

波多野 聖

角川春樹事務所

目次

総合商社 特命班

序章　自殺用ハッチ

「もうお終いだ！　俺も、お前も、全てお終いなんだよ‼　分かってるのか？」

二〇一九年十二月三十一日。

ビジネスフロアーの壁面に光る世界時計、Tokyo の時刻は十六時十六分を表示している。

「……」

鬼気迫る表情で言い寄ってくる池畑大樹の顔を見つめながら、青山仁は思った。

（こいつイケメンなのに切羽詰まると漫画みたいな顔になるなぁ）

仁は小太り、子供の河馬を思わせる容姿の男だ。つぶらな瞳は愛嬌を感じさせる。

大手町にそびえる高層ビル、ＮＦタワー三十六階。大晦日の広いフロアーにはたった二人しかいない。ＮＦタワー〔Naga-Fuku Tower〕は、総合商社・永福商事〔Naga-Fuku Corporation〕の本社ビルだ。

「臨時査察会議の開催が年明け早々で決まった。そうなると遅くとも二月後半には現地へ調査チームが送られることになる。それで全てお終いだッ！」

池畑がそう叫んだ後で、仁は立ち上がった。

ひょこひょこと体を左右にリズミカルに振る独特の歩き方で、窓に向かっていく。

フロアー全面を覆う強化ガラス窓の一角に非常口があり、手動で開けることが出来る。火災の際に同じ階の別角まで避難することが可能だ。窓の外に出られることから冗談めかして『自殺用ハッチ』と呼ばれている。そのノブに仁は手を掛けた。

「どうする？　今から二人で飛び降りる？　開けると五分で警備員が駆けつけて来る。時間はないよ。今決めろよ。死ぬ？　死ぬなら俺が先に飛び降りる。直ぐ続けよ」

仁の言葉で、池畑は腹にぐっと力を入れた。目は据わっている。

池畑も仁もこの瞬間、自分の死を真剣に意識していた。だが二人にとっては初めてのことではない。商社マンの仕事は死と隣り合わせになることが何度もある。

「入社して十年しか経ってない。それがこんな形で死ななきゃならんのか？　全部お前の所為だぞ。分かってるんだろうな？」

池畑のうらみ節を聞いて、仁は不謹慎にも、ふっと笑った。

「同じこと何度も言うなよ。そうだよ。俺の所為だよ。だけどそれに賛同したのはお前だろ？　お前は俺のやってることを認めた。だ・け・ど、結果としてこうなった。運が悪かったと諦めるしかないよ。もうお終いなんだろ？　じゃあ、死ぬしかないよ」

そう言って仁は右腕に思いっ切り力を入れてノブを下ろし、脱出口を開けた。

けたたましく警報音が鳴り響いた。

開口部から物凄い風が吹き込み、フロアーの机の上の書類という書類を吹き飛ばしていく。

大晦日の風は途轍もなく冷たい。

池畑は無言のまま仁のところまで歩みを進めた。仁は今にもバルコニーに出ようとして身を屈めている。

（死ぬんだ）

人は己の死の直前に、過去の全ての記憶を走馬灯のように見るという……。

池畑は今自分の頭に浮かんだものを知って吹き出した。

「？」

バルコニーに出ようとしていた仁が、その笑い声で向き直った。

「死ぬ直前に何を思い出すかと思ったら……笑えてきたよ。女房や子供の顔じゃなくて、青山、お前のことだ」

仁はそれを聞いて、はぁという表情になった。

「なに？　俺の何だよ？」

池畑はなんともいえない顔つきで訊ねた。

「あれだ。わたくしの愛の遍歴だ」

仁は何のことか分からずキョトンとしている。

「なんだ？　覚えてないのか？　就職の時の役員面接だよ」

あぁと、仁は気がついた。

「そんなことまだ覚えてたのか？　よりによってこんな時にそれ思い出す？　お前はエリートなのに馬鹿だな」

お前にだけは馬鹿と言われたくないと、池畑はまた声を出して笑った。だが直ぐに切羽詰まった表情に戻る。

その池畑に仁は言った。

「でも本当の馬鹿にエリートの馬鹿が調子こいて賛同したがために、こうやって死ななきゃならない。まぁ池畑……馬鹿同士の心中、悪くないかもしれないよ」

仁の口から出た〝心中〟という言葉で、池畑は体中の力が一気に抜けた。すると涙が溢れてきた。

「お前の愛の遍歴から永福商事に入って、そのお前と心中かよ。俺の人生は一体何だったんだよ！」

嗚咽しながら話す池畑を、仁は少し申し訳なさそうな表情で見詰めて呟いた。

「人生ねぇ……商社マンの人生」

第一章　わたくしの愛の遍歴

岡山で農家の次男坊として生まれた青山仁は、変わったことを考える子供だった。

「自分はいったいどうやって自分になったのだろう？」

「自分はどこからが自分なんだろう？」

ころころとした肥満児の仁少年は、独り頭を悩ませた。

我思う故に我ありの哲学ではない。生き物として自分の成りたちを知りたかったのだ。

成長しても頭から離れない。

「何がどこでどうなって僕になるのか？」

結果としてそれが勉強に仁を向かわせた。中学高校と科学部に入って生物の発生研究に夢中になったのだ。

一浪して国立の京帝（きょうてい）大学農学部畜産学科に入り家畜繁殖学を学んだ。その過程で牛の人工授精師のライセンスを取得する。

仁はそのまま大学院に進んで生物学者になろうと思っていた。だが院受験にはドイツ語が必修だ。

英語は出来るが、ドイツ語は性に合わなくて頭に入ってこない。結局、仁は一年院試留年したが、翌年も駄目だった。

「これで一浪一留」

学者への意欲もドイツ語で萎えてしまった。そこから仁ははじめて就職を考える。いや就職しなければならない事情に陥ったのだ。仁には三年の時から同棲する京帝大の一年下の女性がいた。その彼女から妊娠を告げられたのだ。

結婚して子供も生まれるとなると稼がなくてはいけない。

「どうするかなぁ。働くのかぁ」

と思った時、故郷岡山で代々農業を営む父親を思い出した。

太目だった子供の頃から、父と二人ふうふう言いながら近所の小高い山に登った。頂上から海の見える景色が好きだったので、仁はいつも頑張った。

それは仁の大学入学が決まり岡山を離れる前日のことだ。二人で記念に登った山の頂上で、父が呟いたのだ。

「子供ん頃、俺はこうやって海を見ながら思ったんじゃ。海の外に出て仕事がしたい……となぁ」

仁は驚いた。毎日愚直に田畑で汗して働く父がそんなことを考えていたとは、全く想像できなかったからだ。

「海の向こうでの仕事、貿易の仕事に憧れとったんじゃ」

遠くを見つめながらそう言った父の横顔を、仁は忘れることができないでいた。

父親の夢だった仕事に就くのもいいかなと思った。

「海外、貿易……、商社だな」

幸い一年先輩で商社に就職した人がいる。

話を聞いてみようとその先輩に会って驚いた。

（楽しそうだなぁ）

実に生き生きと商社の仕事について語る。それが学生を獲得するリクルーター常套の態度だということは後に知るが……、商社を就職先に決めた仁は総合商社三社を受けた。

総合商社トップ2である財閥系二社の帝都商事と日章物産、そして永福商事だ。帝都商事は「一浪一留」のために書類選考の段階ではじかれた。日章物産は人事担当には会えたが、同じ理由で難色を示された。結局、役員面接までたどり着いたのは永福商事だけだった。

永福商事は、帝都・日章に次ぐ第三位の総合商社だ。戦前の官製会社で東京を地盤としていた富永交易と近江商人の系譜を持つ関西の雄、福富江商が昭和四十五年に合併、共にその名に〝富〟を内蔵し、〝永〟と〝福〟を表に出した形の〝永福〟が社名とされた。

英語名はNaga-Fuku Corporation、業界や海外ではNF、エヌエフの略称が通り名となっている。

役員面接に臨んで、仁は何をどう話せば良いか分からなかった。だが志望した三社のうち既に上位の二つに蹴られて後がない。

面接会場に入った。

学生三人ずつが同時に面接を受ける形で、仁は最後尾。先の二人は東帝大法学部と経済学部の学生でどちらも体育会系のクラブ所属、明るく明晰な受け答えでそつがない。

仁の番だ。

「君、留年してるが、何してたのかね？」

のっけから役員はそう訊いてきた。

ままよ。仁は開き直った。

「では、わたくしの愛の遍歴をお話しさせて頂きます」

そう言うと同棲に至る経緯から妊娠まで、滔々と語って留年の理由としたのだ。

「面白いッ‼」

仁は採用された。

◇

青山仁が穀物部牧草課に配属され、半年が過ぎた時だった。

大学で畜産を学んだ知識を買われ、飼料穀物輸入セクションに配属されていた。

十年先輩が教育係につき貿易実務を教わり、輸入に関する伝票処理などの事務を一通り経験した。貿易の流れの基礎を学んでから、顧客に商品を届けるデリバリーアレンジ担当となったのだ。

大型船一隻が入港すると、七万トンの飼料用トウモロコシが輸入される。

「全部が全部きれいに捌（さば）ける訳じゃない」

元々七万トン貰（もら）うとしていた顧客も、入港時点での手持ち在庫や倉庫の都合がある。

「いやぁ、今は全部は入らんなぁ」

「暫（しばら）く御社でキープしといて」

そうなってからが商社マンの腕の見せ所なのだ。行き場のなくなったトウモロコシを他の穀物と交換する形で売り捌いていく。

それをカーゴスワップという。

課全員で電話を掛けまくって、様々な飼料用の穀物、牧草などの倉庫在庫や入荷の情報を集め、過不足を見つけては貨物(カーゴ)と交換(スワップ)することで売り先を見つけていくのだ。

「モノは生きてる。生きてるモノを動かすとカネが、儲(もう)けが、生まれる」

商社のビジネスとはモノとモノの交換、モノを動かすのが基本だということを仁は学んだ。

仁は小太りだが、意外なほど動きは俊敏だ。

商社ではそんな人間だけが必要になる。当然、食事も早くないといけない。

新人として牧草課に配属され、課長以下全員で初めて社員食堂で食事をした時のことだ。

全員がカレーライスを注文するので仁もそうした。皆が席についているテーブルに仁が最後にトレーを置いて座り、スプーンを口に運んだ時だった。

「？」

全員がトレーを手に一斉に立ち上がる。

何かあったのかと思ったら、なんと皆すでに食べ終わっていたのだ。

「……」

唖然(あぜん)とする仁に先輩が言った。

「君、嚙(か)んでるんじゃないだろうね？」

仁は、カレーライスが〝飲み物〟だということを教えられた。

「商社の仕事は時間勝負。あらゆる時間が儲けに繋(つな)がる。無駄な時間は一秒でもなくす」

先輩にそう言われ、仁は頷くしかなかった。

そしてモノでの勝負。生き物、生ものを扱うことの勝負。飼料はまさに生ものだが〝死んだもの〟も商売になることを仁は教わる。

牧草は輸送中に腐ることがある。腐れば売りものにならない。

ある時その現場に行かされた。

問題となる牧草の貨物船が着岸している港に着くと、そこに社外の見知らぬ人間がいる。

「サーベイヤーだ」

先輩が耳元でささやいた。

輸送されてきた荷物には保険が掛けられている。腐った牧草の損害は保険でカバーされるが、実際にどれほどの牧草がダメなのかを公平公正に評価する第三者、それがサーベイヤーなのだ。

「保険金詐欺でないかを調べるんだが……」

サーベイヤーは損害率百パーセントと算定、それを保険会社に報告すると告げた。これで永福商事の損害は全額保険でカバーされ一安心、ということだが、実はここからが面白いのだと先輩は言う。

腐った牧草は保険金を支払うとなった段階で保険会社の所有物になるが、保険会社はそんなものを受け取っても処分に困るだけだ。そこでそれをタダ同然で当該商社、つまり永福商事に売却することになる。

「それを売って儲けるんだよ」

エッと仁は驚愕した。

「それって保険金詐欺じゃないんですか？」

まぁグレーゾーンだと先輩は嘯く。

「商売ってそんな風にできてるのかぁ」

杓子定規に要件主義で成立する世界と現実の世界との隙間、そこを埋めるのもまた商売ということを仁は知るのだった。

実際、牧草を引き取ってみると三割は問題なく売れることが分かった。

「これで見込みより利益が出た。ものは死んでも利益になるということだ」

仁は商社ビジネスの妙な旨味を知った。

そうして半年が経った時だ。

「鹿児島で船が燃えてる。青山、直ぐ行って調べてこい！」

仁は飛行機に乗って直ちに現場へ向かった。

山の中にある鹿児島空港からタクシーに乗って約三十分、桜島が見えてきた。

夕陽を浴びて悠然と煙をたなびかせる姿を見ていると、錦江湾内の別の煙に気がついた。

「あっ！　あれだ」

近づくと、埃のようなモォとした煙をたなびかせる大型貨物船が目に入ってきた。

タクシーを降りるとなんともいえない臭いが辺り一面に立ち込めている。

「これがハードペレットの焼ける匂いか……」

飼料穀物の一つであるキャッサバ、熱帯のイモの一種で、そのでんぷんはタピオカと呼ばれる。それを乾燥させペレット状に加工、肉豚用飼料として輸入したものが満載されているのだ。

鎮火はしているようだが、現場ではまだ消火作業が続けられていた。

船会社の責任者に直ぐに会った。

「荷主のＮＦ（永福商事）、担当の青山と言います。どんな状態なんでしょうか？」

責任者は消火状況を話してくれた。

火が出た内部に水を入れての消火は行えず、密閉させ完全に酸素を断つ形の消火作業を行ったと言う。

「大量のドライアイスを入れてからハッチを閉めました。それで二十四時間経って、鎮火はしましたが、荷物がどうなってるかは全く見当つきませんね」

そう言われて仁は考えた。

（保険はどうなる？　サーベイヤーが入る前に、こちらが荷物確保に向けて万全を尽くしたという態度は残しておかないと……）

荷物を確保する努力もせず保険目当てに何もしなかったとなると、サーベイヤーが申請を承認しない可能性がある。

「中に入りたいんですが？」

船会社の人間はまた火が出るかもしれず危険だと難色を示したが、仁は押し切った。

翌日の朝。船会社の人間と一緒にハッチを開けた。もうもうと中から煙が出てくる。

「今直ぐ入ると二酸化炭素中毒であの世行きです。一時間は待って下さい」

十分に安全と思われるまで時間を取ってから、仁たちはタラップを下りて中に入った。

焼け残ってブスブスとくすぶるペレットがそこここに見られる。

「また火が点（つ）きそうなペレットは外に出しましょう」

船会社の人間と一緒に、スコップを持って作業に参加した。

十五分ほどした時だった。

（あれッ？）

朦朧（もうろう）としている自分に気がついた。

（自分はどこからが自分なんだろう）

子供の頃の疑問、生物学に仁を駆り立てたあの疑問が言葉となって、頭の中をグルグル回っている。

「自分は……どこからが自分……なんだ。今の自分はなんだ……今僕は……何を・し・て……い・る？」

そこで我に返った。

「あッ、あぁぁぁ?!」

一気に恐怖心が湧いてきた。

（まずいッ!! 死ぬぞ!!）

助けを呼ぼうと懸命になったが声が出ない。

「……ッ……グッ……」

全身が金縛りにあったようで、仁は我知らず宙を掴もうと腕を伸ばしていた。

（死ぬ……このまま死ぬ）

あっけないものだなと仁は思った。

（死ぬのも仕事のうちなのか――）

フッと体が軽くなる。

魂が体から抜けたのかと思ったら、目の前が真っ暗になった。

「？」

気がつくと課長の顔があった。

「大丈夫か？　危なかったぞ」

仁は自分が貨物船の船倉で、意識を失ったことを思い出した。

「あぁ、死んだかと思いましたぁ」

頭がガンガンする。

「二酸化炭素中毒で本当に死ぬところだったんだ。ちょうど消防隊員が酸素マスクを持って入って、青山は助かったんだ」

仁は重い頭で状況を考えた。

「課長、サーベイヤーはもう来てるんですか？」

課長は頷いた。

「青山が死にかけてくれたお陰で、当社が積み荷を懸命に確保しようとしてたと査定を出した。保険は満額ちゃんとおりる。よくやった」

課長の顔を見ながら仁は自分の命でトレードしたんだなと思った。

「何にせよ、商売ができた」

そう思うと商社マンになった実感がふつふつと湧いてきた。

◇

「では、わたくしの愛の遍歴をお話しさせて頂きます」

京帝大の学生がそう前置きし話し始めた時、池畑大樹は呆れながらも感心した。

(豪胆なのか馬鹿なのか、なんにしても面白い奴だ)

池畑は面接官が怒鳴り出すのではないかと心配した。

役員たちは学生の話に聞き入っている。

生物学を学ぶ過程で感じた生き物への愛情、いつしかそれがヒトの女性への愛情に変わり、一年後輩との同棲に至った……と話していく。

「思ったんです。生物の発生と同じで個体一つでは何も生まれない。人間は一人では何もできないと。人を思い、人に思われないと生きてはいけない。彼女に一緒に住まないかと告げた時に思ったのはそのことでした」

池畑はへえと感心した。

(なかなか良いこと言うじゃないか)

その学生は続ける。

「牛の種付けはライセンスを持っていて慎重に行ったのですが、彼女には神経が行き届かず妊娠させてしまいましたぁ」

面接会場は爆笑の渦となった。

池畑も笑いながら思った。

「総合商社――総合と名の付く通り、色んなことを色んな人間が集まって商売をする組織。混合混成のチームということなんだな。そういう意味で面白い！」

池畑大樹は東帝大法学部の学生だが、アメリカンフットボール部での活動が学生生活の殆どを占めていた。池畑には心の裡に秘めた想いがあった。その想いを実現させるため永福商事を就職先に選んだ。

「帝都商事や日章物産にはない野性味ある面白さが永福商事にはある。うちに来いよ」

先輩のその言葉も響いた。映画『七人の侍』のようなチームを池畑は想像したからだ。

アメフトは戦略戦術が機能化されているスポーツだ。その中にあってアニマルスピリッツと言える、がむしゃらな野性がプレーヤーにないと勝てないと池畑は思っている。

「理想は『七人の侍』だ」

戦略戦術をしっかりと組み立てながらも、個々人の個性を互いに尊重することで勝利を獲得する。池畑はそんなチームが理想だと考え、自分が働く組織はそういうところが良いと思っていた。

「こういう男がどんな仕事をするんだろう？　一体どんな仕事を任されるんだろう？」

池畑は自分の将来よりもその学生の将来が気になった。

役員たちを笑わせながらも、本人は真面目な調子で彼女との同棲生活を語っていく。

その男と同期になった。ぬいぐるみのような愛嬌のある容姿の男だ。

池畑は思う。

「だが俺の心の裡はこの男以上に破天荒だ。それは俺の職業人生で証明してやる」

その時、池畑はその男、青山仁によって死を覚悟させられるまで追い詰められることになるとは夢にも思ってはいなかった。

池畑大樹はサラリーマンの家庭に生まれた。

父親は農機メーカーのエンジニアで転勤が多く、池畑は小学校で神奈川から大阪、九州と二度の転校を経験する。

福岡に移った小学六年の時、勉強のできる池畑は担任の奨(すす)めで教育大学附属中学を受験して合格、中学高校と進学校で学んだ。

自由な校風だが優秀な同級生の存在は、環境に染まりやすい池畑を勉強熱心な学生にした。

中学二年の時に父親がミャンマー（旧ビルマ）のヤンゴン（旧ラングーン）工場の立ち上げのため単身赴任、その後東欧の工場長になるなど十年近く父親は不在となった。そんな中で高校一年の夏休み、ヤンゴンに父親を訪ねたことが池畑の転機となる。

高校の英語の授業で副読本とされた『Animal Farm（動物農場）』を読んで、池畑はその著者に興味を持った。

ジョージ・オーウェル、本名エリック・アーサー・ブレアは英領インドで生まれ帰英してパブリックスクールでエリート教育を受けた後、十九歳で英領インド帝国警察官としてビルマに着任する。後に社会派作家となるその人物が、若き日にビルマで何を見て何を考えていたのか。一九三四年に刊行されたオーウェルの小説第一作『Burmese Days（ビルマの日々）』にはそれが描かれている。

その本を携え、池畑はヤンゴンに向かった。

ミャンマーに着いた時、池畑はその地に昔いたことがあるのではないかと錯覚した。懐かしさに似た感情に包まれたのだ。

太陽の光の強さ、埃に混じった南国の匂い——果物、野菜、魚や肉、鮮やかな色のスパイスの匂いが大気に混じって体に沁み込んでくる。そして強烈な色、そこここに咲き乱れる鮮やかな花々やバザールで売られている布地や金細工、象牙の色が、見たことがない強さで目に迫ってくる。

十六歳の池畑はミャンマーの風土に魅せられた。

そんな風土のあり方と対照的だったのが、父親がエンジニアを務める農機工場だった。無機的な白い光に満ちた近代的工場の中では最先端の生産設備が整然と動き、現地の従業員たちが黙々とトラクターや耕運機を組み立てている。父親の指導に従業員たちが尊敬の面持ちで従っているのを見て、誇らしいものを池畑は感じた。

「これが日本の力か……」

アジアの中で突出した経済大国である日本。海外で日本企業進出の実際を見た池畑少年は〝日本〟という存在に強く心を打たれたのだ。

ヤンゴンでの最初の夜、自炊する父親との夕食。池畑が日本から持って来た米や味噌(みそ)、そして海苔(のり)や佃煮(つくだに)、乾物……それらが何よりのご馳走(ちそう)だった。

父親は工場内の従業員用宿舎の一室に住んでいた。

「会社は屋敷のような一軒家と使用人まで用意してくれていたんだが、断ってここに住んでいる。やはり従業員との一体感の方が大事だからな」

そう言って自分で飯を炊き味噌汁を作る父親を、池畑は「らしい」と思った。良き人間たろうと、どこまでも実直で分を弁(わきま)え謙虚な姿勢を貫く。子供の頃から父親のそんな姿勢を見て育ってきた池畑だが、時には息苦しさを覚えることもあった。

(もっと自由に、好きにやればいいのに)

物心ついた時から父と母とが対照的なことに、池畑は戸惑いを感じることがあった。どこまでも真面目な父に対して、母はいい加減で家事も手抜きする。家の中を片付けられない母に代わって、いつも父が動いていた印象が強い。池畑家では週末の食事は父が作り母はのんびりしていた。だが父は何も言わない。夫婦仲が良いのか悪いのかも池畑には分からなかった。

「母さんには母さんの人生があるんだ」

父親はそう言うのだ。

ミャンマーの夜、池畑は久しぶりに父とゆっくり話をした。

「今、これを読んでるんだ」

池畑はジョージ・オーウェルの『ビルマの日々』をスーツケースから取り出してみせた。

父親はそれを手に取り「そうか、もうこういうのを原書で読めるのか……」と感心した表情になった。

「学校で『動物農場』が英語の副読本になって、オーウェルに興味を持ったんだ。そうしたら偶然、父さんのいるミャンマーと繋がった」

父親は、そうなのかと本の頁（ページ）をパラパラと捲（めく）りながら頷いた。

『ビルマの日々』では、当地でビジネスを行う英国人主人公の帝国主義への反発や白人社会での疎外感が描かれている。結末では主人公が自殺するという、著者オーウェルの複雑な思想や感情が入り混じる物語だ。

池畑は父親に訊（たず）ねた。

「今も帝国主義は残っている？　ミャンマーはイギリスの次に日本に支配されて帝国主義の犠牲になったような国だよね？」

父親は少し難しい顔になった。

「確かに日本人に対して複雑な感情をこの国の人間は持っている。だから俺のような人間を本社はここへ送ったのかもしれんな」

　エッと池畑は驚いた。

「俺はどこでも誰でも受け容れる。どんな状況の中でも他人と対立せず真面目にやる自信だけはある人間だ。それにエリートが嫌いだ。帝国主義はエリート主義だからな」

　池畑は驚いて訊ねた。

「自分をエリートだと思っていないの？」

　国立大学工学部の大学院まで出ている父の本心とは思えない。

「嫌いなんだよ。エリートが……」

　理由は言わずただ繰り返す。

「まぁでも、お前はエリートとして生きるのが良いんじゃないか？　進学校から一流国立大学に入ってエリートとして人生を生きる。もうそんな道を歩んでいるじゃないか？」

　池畑は混乱した。自分が認められているのか否定されているのか分からない。

「父さんは僕が嫌いなの？」

　馬鹿を言うなと父親は笑った。

「お前も母さんも大好きだ。だから二人には自由に生きて欲しい。だがな、エリートは決して自由じゃない。お前にもそれは分かっていて欲しい。俺はいつも自由だ。それを家族には分かっていて貫いたい」

池畑はその時初めて父親の心の声を聞いたように思った。

「俺はエリートが嫌いなんだ」

父親の言葉は池畑の心に深く刻みこまれた。ミャンマーの地の強烈な風土以上に残った。

「自分は何だ？　何になろうとしている？」

授業を受けていてもその疑問が脳裏に浮かぶ。生きることが難しくなってしまった。今まで考えなくても自然とできた当たり前のことがギクシャクしてできない、そんな感じなのだ。

池畑は進学校で、環境に合わせるように懸命に勉学に励んできた。

学校で良い成績を取ることが生きることの最優先で、クラブ活動も行わず、真っ直ぐ家に帰って授業の予習復習の毎日だ。

「だがそれは何のためだ？」

エリートが嫌いだという父の言葉に自分を重ね、お前はエリートとして生きていくんだろうという父の言葉に反発を覚える。かと言ってどうすれば良いのかは分からない。

そんな時だった。

週末、映画好きの友人にミニシアターでの古い青春映画特集に誘われた。その中で観た一本に池畑は強く魅かれる。

『青春の蹉跌』石川達三の小説を萩原健一主演で映画化したものだ。

「この男は自分だ！」

司法試験合格を目指し名家の娘と婚約したエリート大学生が、邪魔になった恋人を殺す物語に、池畑は自分を重ね合わせた。

映画の中で主人公がやっているのがアメリカンフットボールだった。

「俺もやろう！」

高校には幸いアメフト部がある。足の速い池畑はテストの結果入部を許され、ランニングバックのポジションを獲得する。そうして高校ではアメリカンフットボール漬けの日々となっていった。

大学受験はエリートへの複雑な感情を抱えながらも最難関の東帝大法学部を受験するが不合格で浪人、だが翌年には合格する。それまでの勉学の蓄積に加え、アメフトで研ぎ澄まされた集中力が池畑に高いハードルを超えさせたのだ。

現役の時は反エリート感情の裏返しという奇妙な心理からの受験だったが、浪人してまで入った理由が自分でも分からない。

「隠されたエリート意識？」

自分の意識の深いところにあるものがそうさせるのかと思うと、父親の言葉が蘇る。

東帝大に入った池畑は卒業までモラトリアムを決め込み、アメフトに打ち込んだ。

そうして就職の時期となった。反エリートをどこまでも自認しようとする池畑は、多くの同級生のように高級官僚や法曹への道は選ばないことにした。

「銀行も駄目だ。エリートの最たるものだ。俺は一生をサラリーマンで終わる気はない。どこかで本当に自分のやりたいことを見つけ、それをやる」

心はまだモラトリアム状態だ。

「やりたい仕事はまだ分からない。だがそれを見つけるには広い世界を相手にする仕事に先ず就くのが良い筈だ。世界各国の様々なことを知る。そこから本当の自分の人生に繋げられるものを見つければいい」

心に浮かぶのはあのミャンマーだ。強烈な風土の発する匂いと光に酔った自分を思い出す。そうして池畑は必然のように総合商社を就職先に選んだ。

「七つの海を渡る。先ずはそこからだ」

どの商社を就職先に選ぶか、となった時に、東帝大法学部卒は圧倒的に強いパスポートだった。財閥系で日本のトップ２である帝都商事、日章物産も確実に入れる。

「財閥系は駄目。エリート集団だ」

そこで選んだのが永福商事だった。業界内で野武士集団と呼ばれていることが気に入った。

「先輩の話を聞いても自由に色んなことをやらせて貰えそうだ。その中で本当の自分の資質を見つけて本当の人生を、エリートには持てない自由を、人生を賭けることの出来る仕事を見つければいい」

そう思って就職活動に臨んだ。池畑は役員面接まで順調にきた。

志望の動機として財閥系の存在を否定し、アンチエリートを裡に秘めてバリバリ仕事をやって行きたいと言うと役員は溜飲を下げた。自分の本心が永福商事の人間に響いたのが痛快に思えた。だが、その面接で強烈な印象を残したのは京帝大の学生だった。

「わたくしの愛の遍歴をお話しさせて頂きます」

のっけから留年の理由を訊ねられたその学生は、自分の彼女との同棲生活や妊娠について語っていく。

(面白い奴がいる!)

池畑は嬉しかった。アンチエリートの代表のような存在をそこに見た。

そうして永福商事に就職した。池畑はまず財務部に配属された。

永福商事の輸出入、全てのモノとカネの流れを徹底的に頭に叩き込む。新人で財務部に配属されるのはエリートの証だ。

「なるほど。モノは動かせば動かすほどカネになるということか……」

池畑は商社ビジネスの全てをエックス線を通して見るようにして、持ち前の頭脳明晰さで本質を捉えていく。

そして二年後に、永福商事が得意とする繊維機械を扱うセクションへと異動した。

大阪にある繊維機械部、近江商人の系譜である嘗ての福富江商が開拓した花形部門だったが、今は翳りが見えている。

繊維機械、まさしく繊維を作る機械を輸出するのが仕事だ。綿や麻、糸や織物、ニット、染色から仕上げに至るまでの様々な機械を世界各国に販売する。

「財閥系はこのビジネスに入ってきていない。三位以下商社の寡占というと格好は良いが、財閥系は小さいビジネスだとして相手にしないだけだ。だがある意味で永福商事の魂のような部門だ。だから君のようなエリートが配属される」

課長にそう言われたが、池畑は面映ゆい。

俺はアンチエリートなんだという思いは消えていない。それどころか実際に仕事をするようになってからその思いはますます強くなっている。

池畑はインド、パキスタン担当だと聞かされ小躍りした。ミャンマーを思い出したからだ。売り先は現地の繊維メーカー、そこに日本のT自動織機やT田駒の機械を販売するのだ。池畑は既存取引先と新規開拓の両方を任された。年に三回は現地への出張になる。一度の出張期間はひと月からひと月半、カタログを抱えてのセールスだ。

（しつこい奴らだなぁ……）

インド人相手に商売すると普通の日本人は頭がおかしくなる。前日決めたことを翌日にはやり直しにしてしまうのだ。

郷に入っては郷に従え。池畑は自分もインド人になったと思って対応するようにした。それでも前言をコロコロ翻すのには閉口するが、池畑はインドで感情を表に出さないことを学んだ。

「顔に出すな！」

それは財務部時代に上司から注意されたことだ。アンチエリートが高じて上を上とも思わないで、意に染まない指示に嫌な顔を見せる池畑はそう叱責(しっせき)されることが多かった。

「それでは出世しない。そして商売も出来ない。絶対顔に出すな！」

上司は池畑を大事に育てようと親心から注意してくれていた。

日本ではなかなか直らなかったが、インドに行くようになって池畑はその言葉を肝に銘じた。というかインド人相手にいちいち感情を顔に出していたら、もたないのだ。

「よくもまぁ、これだけ色々と言ってくるもんだよ」

取引先だけではない。社内の現地従業員からのクレームや注文の多さにはイラついて叫び出しそうになる。夜討ち朝駆け、機会を捉えては「仕事が多すぎる、時間が足りない、給与に見合わない、辛い、疲れた、ボーナスをよこせ……」

ありとあらゆるクレームや注文をつけてくる。それを右から左に受け流すことも覚えた。だが肝のところではちゃんと彼らの話を聞くようにしている。

「理に適っているかどうか、そこは万国共通だ。ナンセンスはない」

池畑には強みがあった。それはアメフトで得たものだ。オフェンスとディフェンス、敵味方の強み弱み、それを徹底的に知ること、理解しようとすること。そうすることによってどんなことでもそれなりの解決策、突破口は生まれる。

「考えることだ。悩む暇があったら考える。インドで悩んでいてもしかたがない」

池畑はランドクルーザーでデカン高原へ続く一本の道を走っていた。

土漠の中を男が一人、とぼとぼ歩いている。付近数十キロに人のいる場所はない。すれ違うと男の後ろ姿がバックミラーの中で小さく消えていく。

(あの男はどこから来てどこへ行くんだろう)

ある絵のことを思い出した。

『我々はどこから来たのか、我々は何者か、我々はどこへ行くのか』

ポール・ゴーギャンがタヒチで描いた絵だ。

画集の中に素朴なタッチのその絵を見た時、池畑はタイトルが強く印象に残った。

そして今、タイトルそのままのような光景をインドの僻地で見た。

ハンドルを握りアクセルを踏みながら池畑は思った。

「人間の幸せとはなんだ？　この地球上に何十億といる人間にとっての幸せとは……人間の数だけ幸せがあるんだろうか？　俺はその中で一体どんな存在なんだ？」

池畑はそうやって世界を、自分を知ろうとしていった。

目の前には壮大なデカン高原が迫っていた。

◇

「では、わたくしの愛の遍歴をお話しさせて頂きます」

その遍歴の、愛の結晶が生まれていた。

鹿児島で九死に一生を得た仁には、妻の美雪が出産した男の子がいた。

美雪は東京の下町出身で京帝大の一年後輩、文学部で教員免許を取得し、既に東京で中学校の教師として働いている。自立して生きる、商社マンの妻として専業主婦はやらないと早々に宣言した。凄い勢いの女性だ。

「あなたは頑張ってもせいぜい部長でしょ？　私は頑張れば校長になれるんだからね」

美雪に押しまくられて仁はここまできていた。妊娠を告げる時には婚姻届を持参する女性だ。有無を言わせない。ゴジラのような破壊力があると仁は思っている。

「子育ては平等に分担してやって貰うからね。沐浴のさせ方やミルクの作り方あげ方、おしめの替え方も習っておいてね」

産院で母子と対面した時に、仁はハッキリそう言われそれ以来従っている。

「商社の仕事は大変なんだ。俺は死にかけたんだぞ」

鹿児島から戻った時、子供をお風呂に入れてと言われ、そう喉元まで出かかったが、あわてて飲み込んだ。

「分かった。親子三人で頑張っていかないとね」

仁がそう言うと美雪の目が光った。

「あなたはあなた。私は私。息子は息子。皆が協力して実存的に生きる。そういう関係をこれからもしっかりと持ちましょう。それが生きるということなんだから」

美雪はフランス文学専攻で『第二の性』のボーボアールに憧れ、一生婚姻関係を持たずにいるつもりだった。しかし妊娠した為に、子供のことを考えて不本意ながら結婚したのだと公言する女性だ。ことあるごとに主体性の獲得とか実存などの言葉が出る。あなたは主体性がないとか虚構に踊らされているとか……。

「俺はサルトルじゃないんだけど……」

仁がそう言っても意に介さない。

だがそんなところが美雪の魅力だと仁は思っているし、心底好きだ。

「頑張るよ」

仁の新たな実存が始まった。だが現実は厳しい。

真夜中過ぎまで残業して家に戻ってから、赤ん坊の世話をしなくてはならない。夜泣きの度に起きるのは仁の役目だ。へとへとになりながら仕事と家庭を両立させている仁を職場の同僚たちは、「えらいなぁ」と言いながらも本心では気の毒がった。商社マンはほとんどみな配偶者は元同僚で、商社の仕事の大変さを知ったうえで専業主婦となって夫を支える役に回っている。妻が仕事を持っているのは部内で仁だけだ。

仁は家庭でのことも全て職場で話す。

永福商事の企業文化に、皆で情報を共有するということがある。誰かが調子悪そうなら必ずその理由を皆が知ろうとするし、家庭の事情も把握しようとする。そうすると厳しい仕事のガス抜きにもなる。家庭のことを助けることは出来ないが、職場の誰もが応援しているという空気を作り出せるのだ。

「それが永福商事の良いところだ。野武士は家に戻れば優しい」

実際、仕事には途轍（とてつ）もなく厳しい上司も、部下の家庭に対する想いには寛容だ。だからと言って仕事では容赦しない。仕事の交渉で緩みや甘さがあれば叱責が飛んでくる。

「優しいのは家族にだけにしろ！」

それは強い言葉だった。

そうして子供が保育園にいくようになるまで仁は必死に頑張った。

「美雪も大変な仕事をしながら頑張っているし……」

仁と美雪は互いの仕事の話を積極的にするようにしている。互いの現状を知る為だ。仕事は家庭に持ち込まないが、それぞれの仕事を巡る状況を知っておくことは、相手を思いやる上で大事だからだ。

美雪が教師を務める公立の中学校は荒れていた。美雪は生徒と取っ組み合いをすることが日常茶飯事なのだ。

「これも実存。教師と生徒、お互いの主体性をぶつけ合うことが大事なの」

仁は美雪の体にいくつも痣が出来ていることに気がついて、涙を流したことがある。美雪も大変なのだ。

一方、美雪も子育てに最大限協力する仁をねぎらうことを忘れない。

「あなたは偉いよ。会社で偉くなれなくても私の中では一番偉い人だからね」

その言葉が仁の疲れを癒した。

◇

池畑大樹は大阪で結婚した。

同じ繊維機械部の三期上の短大卒、同い年の女性だ。永福商事のルーティン、半径五メートル内で相手を見つけた。

池畑は小学校の時に大阪にいたことがある。その時に好意を持った女の子に似た感じの女性と結婚したのだ。

妻の真由美（まゆみ）は大阪千日前（せんにちまえ）にある大衆食堂の娘だった。アンチエリートを裡に秘める池畑にとって、その出自は好ましい。大阪人は東京を官僚的エリートの地と見て、反発心を持っているところがある。そこが池畑の大阪へのシンパシーを駆り立てる。

大阪人の特徴であるハッキリした物言いも好きだ。

「あんた、なにエエかっこしてんねん！」

池畑が真由美に言われた最初の言葉がそれだった。

課長が出した販売方針に対して、「それでは前例踏襲に過ぎないじゃないですか！」と言ったことを指していた。

輸出事務の補助をしている真由美は、販売会議の参加者にお茶を出している時に耳に入ってきた池畑の言葉で、課長が明らかに不快感を表しているのに気づいた。

会議の後で誰にも聞こえないように、真由美は池畑に注意を促した。

「あんたはエリートかもしれんけど、エエ気になって上にもの言うたらあかんで。それもみんながいてるとこで、課長は恥かかされたと思たで」

そう言われて池畑はハッと思った。

「俺はいつの間にか自分が一番嫌う奴になっていたのか？」

もっと話が聞きたいと思い真由美を食事に誘った。

「食いもん屋の娘を食事に誘うて、あんた百年早いで」

そう笑って真由美は千日前の実家に池畑を連れて行った。

店に入ると十数種類ものおかずがケースの中に並んでいる。客がそれを選んで食事をしたり、ビールや酒を楽しむ大阪の庶民のための食堂だ。

「週末は店手伝うてるんよ」

肉野菜炒め、サバの味噌煮、ミンチカツを並べたテーブルで真由美はビールを池畑に注いでそう言った。そして池畑も直ぐに真由美のコップに注ぎ返した。

「凄い流行っているね。ザ大阪って感じの店だ」

そう言ってミンチカツを頬張った。

「旨い！　このメンチカツ」

真由美が変な顔をする。

「メンチ？　ミンチやろ？」

今度は池畑が怪訝（けげん）な表情になった。

「だってこれメンチだろ？」

「ミンチや！」

挽肉（ひきにく）が東京と大阪では呼び方が違うことを知った。

「大阪の永福商事には福富江商がまだ生きてると皆言うわ。東京にプライドを示したいみたいなとこがある。そやから、東京から来て直ぐに、上司にたてつくような言い方はしたらあかんよ。あんたはエリートなんやから」

真由美の言葉に池畑は返した。

「エリートじゃない。俺はエリートが嫌いだ」

あんたどこから見てもエリートやんか、と真由美は笑った。

「兎（と）に角（かく）、大阪で上手（うま）いこと仕事しようと思たら、上のプライドをくすぐることやで」

池畑はこの女性が気に入った。小学校で好きだった女の子が大きくなって目の前にいるように思った。そうして半年後、二人は結婚した。

仕事と結婚、人生の充実への本当の歩みを池畑は大阪から始めた。

第二章　絶体絶命の窮地（ピンチ）

「青山、緊急事態だ。至急イリノイへ飛んでくれッ‼」

永福商事、穀物部牧草課の青山仁は、土曜未明の電話で叩（たた）き起こされ、課長から命令された。

「日曜日、子供の保育園の行事なんですぅ」

仁は特別な仕事への出張準備を急遽（きゆうきよ）整え、日曜夕刻の便でシカゴに発（た）つことになった。

「向こうに着いてからはレンタカーで走り続けないといけないな。かなりの強行軍だぞ」

妻の美雪は、息子のお遊戯会の参観をすっぽかすことなど許さない。

「三歳の子供の記憶って、その後も強く残って人生に大きく影響するのッ！　自分の晴れ舞台に父親が来てくれなかった……なんてネガティブな記憶は絶対駄目だからね！」

仁が緊急の米国出張を話すと案の定にべもない。

「ボクはキラキラお星さま。こうして夜空でみんなをみつめる」

星に扮（ふん）して台詞（せりふ）をいう息子、悟（さとる）の姿をビデオに収め、会が終わると直（す）ぐ荷物を持って夕クシーに乗り込み、成田空港へ向かった。

商社マンは出張の際、手荷物カウンターで手続きが必要になる大型キャリーバッグは持たない。全て機内持ち込みギリギリのサイズのものにして、空港で荷物が出て来るまでの時間ロスを無くす。両手に大きなバッグを提げ両肩から大型ガーメントケースを掛けて、広いアメリカの空港内を乗継の為に全速力で走ることもしばしばだ。

成田空港を離陸し最初の機内食を食べ終えると、仁はＣＡに告げた。

「朝食は結構ですからギリギリまで起こさないで下さい」

そうしてアイマスクをつけ耳栓を装着すると、直ぐに眠りに向かう。

「時差ボケを最小限にしないと……」

仁は昨夜一睡もしていない。

「あくびばっかして！」

美雪には叱られたが、時差を調整するためだ。日本から東に飛ぶと時差がきつい。

地球の自転と同じ方向へ進むとそうなるのだ。

「着いたら直ぐにタフな仕事だ」

今日の息子の様子と美雪の満足そうな顔を思い出しながら、無理をしてでも家族を満足させて良かったと思う。そうして仁は深い眠りについた。

「寒ッ‼」

アメリカ五大湖付近は季節外れの寒波に襲われていた。

シカゴ・オヘア国際空港から外に出て、レンタカーに乗り込むまで仁は震え続けた。

「この国は寒暖の差が本当に激しい。季節も滅茶苦茶だ」

何度も出張で来ているアメリカ。理解しているつもりだが体験する度に驚かされる。

仁はそこから八時間の道のりを、一人で車で走らなくてはならない。

東京では自家用車を持たず運転することがない仁にとって、左ハンドルのフォードが慣れ親しんだ車になる。

「フーッ」

エンジンをかけて仁は長く息を吐いて気合を入れた。カーナビを絶対に間違えないように慎重にセットし、手持ちの地図とも照合する。

十二時間近いフライトのあとのロングドライブだ。睡眠は機内でしっかりとったとはいえ、きつい。

「俺が若い頃はクルマでアメリカ大陸横断セールスを何度もやったもんだ」

上司の言葉を思い出した。

仁は仕事モードに自分を入れた。今回のミッションは、体力だけでなく精神的にかなりきついものになる。それだけに仁はここまでその仕事のことを考えずにいた。

「さぁ……どうなるかな」
仁はアクセルを踏み車を出発させた。

永福商事は、イリノイで飼料穀物として特殊なトウモロコシを育てていた。それまで現地の農家が手掛けていなかった新しい品種で、栄養価は高いが育成が難しい。永福の先人が農家を説得してほんの数軒が実験的に耕作地の一角で育ててくれたところから始まり、試行錯誤を繰り返した後に生育に成功、大規模栽培にも成功し商業軌道に乗った。付加価値のついたトウモロコシとして永福商事が高く買い取ってくれることから、当該農家も大いに喜んだ。

しかし、今回大きな問題が起こった。アフラトキシン、カビ毒が発生したのだ。異常気象が原因と考えられ、通常のトウモロコシは無事だが、永福が生産を依頼している品種にだけ発生したという……。

農家は自分たちの所為ではないとして、永福に契約通りの値段での引き取りを要求して来た。それに対処しなくてはならないのだ。

そんな難しい仕事が仁に任されていた。

「さぁ……どうなるかなぁ」
仁はハンドルを握りながら、他人事のようにその言葉を繰り返した。

カーラジオからカントリーミュージックが流れてきた。

広大な穀倉地帯を夕陽が染める。

「その土地にはその土地の音楽が合うもんだ」

仁は車窓の風景を見ながら、歌声が心に沁みていくように感じた。だが直ぐに今度の仕事の難しさが頭をよぎる。

仁は農家の子供だから農民の心が分かる。穀物をどんな気持ちで育てて来たか、そしてそれが駄目になった時にどんな気持ちになるか……。

中学三年の年。大きな雹が降って、育てていた桃が全て駄目になる事態に陥った。その上冷害で稲の育ちが悪かった。

その時の両親の表情は今も目に浮かぶ。

「夜中目を覚ますと……親父とお袋が起きてて……ずっと話し合ってたもんなぁ」

――コメも駄目だと貯金が底をつく。

――仁の高校進学もこのままでは難しい。

それを耳にして、凍りつくような思いをしたことが、仁は未だに忘れられない。

農協から借金することでなんとか乗り切ったが、仁はあの時の両親の気持ちを思い出すと今もやるせなくなる。

傷ついた桃を掌に乗せてじっと動かない父親や、実をつけない稲穂をカサカサと嫌な音を立てながら指で揉み、涙ぐむ母親の背中が忘れられない。

「カネじゃないんだよ。でもカネなんだよなぁ」

育ててきたモノへの思い。

「駄目にした大地や空を恨む気持ち……それをぐっと堪えてたもんなぁ」

仁は同じ思いをしたイリノイの農家の人たちと明日対峙しなくてはならない。

「育てたモノへの思いの強さ……それは嫌というほど分かる」

それにどう向き合うか、そしてそれにどう応えるか、仁は商売をする人間なのだ。

今回の件に保険会社は全く関係しない。

農家と永福商事が直接どうするかの交渉になる。永福としては絶対に損は出来ない。その為に仁がここに来ているのだ。

仁は入社して初めて商社マンになったことを後悔した。

そうして仁は真夜中過ぎに当該農地の近くのモーテルに着いた。受付の老人が仁のパスポートを見ると大仰な表情で驚いて言った。

「日本人は久しぶりに見た。こんな田舎になんで来たんだ?」

仁はジャスト・ア・コーンビジネスと答えた。

「そうか……じゃあ、よく眠って明日からしっかり仕事してくれ」

そう言ってウインクし部屋の鍵を渡された。

部屋に入りシャワーを浴びると直ぐベッドにもぐりこんだ。疲れ切っているが、時差で眠くならない。

「こんな時に襲ってくる心細さは、経験したものでないと分からないだろうな」

美雪の顔が浮かぶ。あの強い女性が無性にそばにいて欲しいと思う。

じゃあ行って来るよと別れてまだ二十四時間も経(た)っていないのに、何年も会っていないような気がする。

仁は時計を見た。午前二時を回っている。

「日本は午後の四時過ぎ……」

美雪にメールを打ってみた。

「返ってこないだろうなぁ」

そう思っていると直ぐに返事が来た。

《着いたの？》

《イリノイのど田舎のモーテル。夜中の二時過ぎだけど眠れない。学校は？》

《今終わったとこ。昨日はありがとうね。大変な出張の前だったのに》

美雪のねぎらいが心にグッと来る。

《悟、可愛(かわい)かったね》

《可愛かった》

遠い距離が夫婦の心を逆に近づけるように仁は感じた。
《仕事は？　大変そう？》
《大変だと思う。でも頑張る》
《頑張って。仁はやれるから》
《優しいね》
《昨日無理してくれたからお返しだよ》
《ありがとう》
夜の風が広大なトウモロコシ畑を吹き抜けていくのを聞きながら、仁は眠りについた。

◇

青山仁の目の前には三人の屈強な農夫が座っている。

（なんだよ……みんなスタン・ハンセンみたいじゃないか！）

幼い頃テレビで夢中になって見たプロレスを思い出した。中でもウェスタン・ラリアートを必殺技とするスタン・ハンセンは、滅茶苦茶に強かった。相手を一発で仕留め、ウォーと咆哮（ほうこう）する様子が目に焼き付いている。

（今にもウェスタン・ラリアートを繰り出しそうな感じだな）

ずっと仁を睨みつけている三人を見ながら、体の奥底から震えがくるのを感じた。

そこは永福商事の契約農家ジャック・ビンセントの事務所だった。

地域最大の農地を所有するジャックが周囲のトウモロコシ農家十数軒のまとめ役で、永福との契約の推進者でもある。

七十を超える年齢のジャックは、堂々たる体躯だ。他の二人は協力者で同じ大規模農場主、ジャックと同様の体つきをしている。

ウールのチェックのシャツとリーバイ・ストラウスのジーンズにカウボーイシューズ、三人が三人とも同じ格好をしている。

（これでカウボーイ・ハットをかぶって鞭を持たせたら、本当にリングに登場する時のスタン・ハンセンだ）

仁はそんな三人を前にして座っている自分に現実感がない。

「それで、ＮＦ（永福商事）は全量契約通り買い取るということなんだろうな？」

ジャックが言う。

「トウモロコシの品質になんの問題もなければ、当然契約通り買い取ります」

ジャックは星条旗のプリントがされたマグカップからコーヒーを一口飲んだ。

「問題はある。だが買い取って貰う」

視線を合わさずにそう言ったジャックに仁は首を振った。

「品質に問題があれば買えません。問題があるかないかトウモロコシを見せて下さい」

いいだろうとジャックが立ち上がると、他の二人もそれにならった。

（やっぱりスタン・ハンセンだッ！）

その巨体に改めて仁はたじろぐ思いがしたが、顔には出さずジャックたちに従った。二台のピックアップ・トラックに分乗してジャックのサイロに向かう。

「寒いですね。この季節外れの寒さがやはり原因ですか？」

カビ毒のことを仁はジャックに訊(たず)ねた。

「他のトウモロコシには何の問題もない。ＮＦの品種に問題があってアフラトキシンが発生したということだ。天災ではなく人災だ。我々生産者になんの落ち度もない」

そう言って全量契約通りの価格での買取を迫る。

「兎(と)に角(かく)、モノを見てからです。モノに問題があれば買えません」

そう言い切った仁にジャックはニヤリとした。

「本当にお前はちゃんと見られるかな？」

仁には意味が分からない。

「見る前にあの世行きになるなよ」

剣呑(けんのん)な言葉に仁は驚いた。

「どういう意味です？」

ジャックは黙って微笑(ほほえ)んでいる。そうしてサイロに着いた。

「さぁ、中に入って見て来い」

仁はサイロを見上げた。高さは二十五メートル、外梯子(そとばしご)を上がって上のハッチを開けて中に入るようになっている。

(これを登るのか!)

子供の河馬(かば)のような体形の仁はビビった。

ジャックたちはニヤニヤしている。

「よしっ!」

気合を入れて仁は梯子を登り始めた。

「エッ?!」

仁は驚いた。寒さで氷柱(つらら)が下りている。十メートルほど登ったところで手がかじかんで来た。

「まずいッ!」

そう思ったら足が片方滑った。落ちそうになったところで、梯子に肘(ひじ)を巻きつけるようにして留(とど)まった。

「し、死ぬッ……」

仁が暫(しばら)くそのままの体勢でいると下から声がした。

「分かっただろう？　降りて来い。全量問題なしとして買い取ればいいんだ！」

その言葉で仁に火が点いた。

「上等だよ！　死んでも登って中に入ってやるッ！」

そうしてまた登り始めた。

「カミカゼ！」

下からそう声がする。

「これは……本当に死ぬぞ」

そう思うと美雪と悟の顔が交互に浮かんだ。

鹿児島の船倉で死にかけた時は二酸化炭素中毒で意識が飛んだが、今はハッキリとした意識の中で死を実感する。

「手が動かなくなったら……お終いだな」

梯子を抱きかかえるようにして、掌を懸命にこすって温めながら、一段また一段と仁は梯子を登った。

（死なないよ。死んだら駄目なんだよ。絶対にこんなところで死んだら駄目だぞ）

仁は自分にそう言い聞かせながら登った。

（ここで死んだら会社はどうするんだろ？　労災はおりるのかな？）

妙に冷静になる自分が可笑しい。

黙々と登っていく仁にジャックが本当に心配して、下から声を掛けてきた。

「無茶するなッ！　本当に死ぬぞッ！　もう降りて来いッ‼」

仁は、「遅いよ……もぉ……馬鹿野郎！」と震えながら、梯子に腕を掛けてよじ登っていった。そうしてサイロの屋根まで上がりハッチを開けて中に入った。

サイロの中でサンプルとなるトウモロコシをリュックサック一杯に詰めると、ジャックたちのところまでゆっくり時間をかけて無事に戻った。

「お前のガッツは認めてやろう。だが契約通り全量買い取って貰うことに変わりはないからな」

ジャックの言葉を聞きながら、仁は前屈みになってゼイゼイ言いながら息を整えた。

サイロを見上げると恐怖が戻ってくる。

「兎に角、トウモロコシを調べてからです。商売の話はそれからです」

そう言って仁はジャックを睨んだ。

ジャックは今にもウェスタン・ラリアートを繰り出しそうな顔つきだった。

ジャックと他の二人はじっと仁の手元を見詰めていた。

事務所に戻って仁がサイロから採取して来たトウモロコシを、日本から持って来た検査キットで調べているのだ。

生物学者を目指していた仁はポッチャリした指を器用に操りながら、見事な手順で調べていく。三人がその様子に感心した顔つきになった。

「僕は生物学の博士なんだ」

仁は嘘を言ったが、〝ドクター〟を目指して勉強や実験をしていたことは事実だ。

試験管に入れたトウモロコシに試薬を混ぜて、アフラトキシンの含有量を調べていく。

計測機器が示すデジタル数値を見て、仁は溜息をついた。

(全然……駄目だ)

飼料としての許容範囲を超えている。

仁は三人に説明した。

「これは飼料にはなりません」

三人はじっとその仁を見詰める。

「そんなことはどうでもいい。ちゃんと契約通り買うんだろうな？」

ジャックの言葉に仁はキッパリと返した。

「これは毒だ。毒は買えない！」

そこまでの仁の態度は良かった。しかし、そこからアメリカ人相手に絶対にやってはいけないことをやってしまう。

「いいか青山、お前に言っておくことがある」

それは初めて米国出張に出る時のことだった。課長が日本人が米国人相手のビジネスの時にやってしまう致命的なミスについて説明してくれたのだ。それは普通の日本人にはなかなか分からない、気づかないことだという。日本人に染み込んでしまっているものだからだ。

「アメリカ人にとって感情表現は大事だ。ハッキリと感情を表に、顔に出すこと。心の裡を表情に出すということだ」

仁は直ぐに飲み込めない。

「具体的にどういうことでしょうか？」

課長は、仁に笑ってみろと言った。

「お前は今、可笑しくて笑ったか？」

微笑みを消しながら仁は首を振った。

「いえ、課長に言われたから笑いました」

課長は頷いてから厳かに宣った。

「いいか、アメリカでは笑顔を作る時、気をつけるんだ。日本人は自分でも気づかないでつい笑顔を見せる。アメリカ人にとって笑う場面でないところでいわゆるジャパニーズ・スマイルを見せてしまうことがある。それが状況によっては『馬鹿にされた‼』と相手に思わせ激怒させることがある。ビジネス上で致命傷になることがある。だからそれには絶対に気をつけろよ！」

「これは毒だ。毒は買えない！」

カビ毒に侵されたトウモロコシを契約通りに買えと迫るイリノイの大農業家、ジャック・ビンセントに対して、青山仁は毅然（きぜん）とした態度で言った。ジャックら三人をじっと見た。

三人は深刻な表情を浮かべて仁を見詰め、どう返答すべきか窮しているのが分かる。

その時だった。仁はその三人を見て無意識の裡にジャパニーズ・スマイルになっていたのだ。

突然、三人が物凄（ものすご）い形相になった。

（な、なんだッ⁈）

仁はまだ分からない。

「お前……何を笑っている？」

赤鬼のような形相になったジャックが、どすの利いた声で静かに言う。

(しまった‼)

仁はそこで自分がジャパニーズ・スマイルを浮かべていたことに気がついた。

いや違うんですと言い訳しようとしても言葉が出て来ない。

ジャックは言った。

“Don't move! I'll take a gun!”

そう言ってオフィスを出て行き、残る二人もジャックに続いた。

仁は一人取り残された。

「今……なんて言った？」

仁はジャックたちを異様に怒らせてしまったことは分かった。絶対に笑ってはいけない場面で微笑みを浮かべた自分を反省した。しかし彼らをどこまで怒らせてしまったのかは想像出来ていなかった。

「……ガンって言ったよな」

まさかな、聞き間違いだよなと思っていると、大男三人がカウボーイシューズを響かせながら戻って来た。

(嘘だろッ?!)

三人ともショットガンを手に提げている。

仁は真っ青になって立ち上がり壁際まで後ずさりした。

「お前は俺たちを馬鹿にした！　絶対に許さん！」

ジャックがそう言うと別の農夫が大きなブランケットを仁に手渡した。

「それを後ろ手に大きく広げて持て」

そう言われても仁には何のことか分からない。

「お前の肉が飛び散った後片付けが大変だ。掃除を楽にするためだ。さぁ、そうしろ‼」

相手が本気だと分かった。

（死ぬのかぁ）

サイロの梯子で落ちかけて死を覚悟し、今度はショットガンで撃ち殺されるのを覚悟しなければならなくなった。

「うん？」

渡されたブランケットからトウモロコシの匂いがした。すると妙に腹が据わった。

オフィスの壁には飾り棚が設えてあり、その一角にナイフが飾ってあることに気がついた。

仁は渡されたブランケットを床に広げた。

「何をしている？　立って後ろ手に掲げろと言ったろう？」

仁はその言葉を無視して上着を脱いでいく。

仁は上半身裸になると飾ってあるナイフを手に持った。

ガシャッ‼　ガシャッ‼　ガシャッ‼

三人が一斉にショットガンの弾倉に弾を込める音が響き、仁に銃口を向けた。

物凄い殺気がオフィスに充満した。

仁はブランケットの上に正座しナイフを前に置いた。

「皆さんを侮辱したつもりは決してありません。いわゆるジャパニーズ・スマイルで誤解させたことは謝ります。この通りです」

そう言って手をついて深く頭を下げた。そして頭を上げると言った。

「さっき申し上げた通り、検査結果を見ても明らかにトウモロコシはアフラトキシンにやられて飼料にはなりません。つまり永福商事は一粒たりとも購入できません。それはハッキリと申し上げます」

三人は銃口を仁に向けたままだ。

「皆さんが丹精を込めて育成されたトウモロコシです。病気になった子供のようなお気持ちを持っていらっしゃることは分かります。僕も農家の息子ですから皆さんのお気持ちは十二分に分かります」

農家の息子、という言葉で三人の表情が少し変わった。

「お前の親は何を作っている？」

ジャックが訊ねた。

「米と桃です。一年三百六十五日、両親とも田畑に出て働いています。ですから作物を育てる皆さんの気持ちは分かります」

仁は正座をしたまま三人を見上げて言った。

「ですが私は商社マンでもあります。ビジネスマンです。皆さんが育てたものを買ってお客さんに売るのが仕事です。お客さんに良いものを買って貰って喜ばれるのが何よりの幸せです。永福商事は良いものしか扱わない。その信頼がビジネスで一番大事なことです。そして同じように大事なのが皆さんです。良いものを作って下さる生産者の皆さんです。その皆さんと一番大事なのは信頼関係だと思っています」

三人は銃口を下ろして仁の話に聞き入った。

「永福商事は皆さんを信頼して特別な品種のトウモロコシを作って頂いた。難しい育成を皆さんは長年掛けてやって下さった。それに対して我々は高い買取価格で報いてきました。そんな関係の中で今回のアフラトキシンは不運なことです。皆さんが懸命に努力されている中で病気が発生した。それは不運ですが、皆さんにその事実は受け入れて頂きたいのです。我々はカビ毒に侵されたトウモロコシを買い取る義務はありません。我々は互いにビジネスをしているのですから、厳しいリスクとリターンの中にいるのは理解されていると思います」

ジャックがその仁に言った。

「理屈はいい。兎に角、全量契約した価格で買い取って貰う」

仁はジャックを睨んで返した。

「それは道理を外れています。無理は無理です。ビジネスはビジネスです」

ジャックは引かない。

「私は永福商事を代表してここに来ています。その私は言います。不良穀物を買うことは絶対に出来ません。それでも無理を仰るのなら、私はここで腹を斬って死にます」

仁はそう言ってナイフを取って逆手に持った。

（ハラキリ⁈）

三人は驚いた。だが直ぐにジャックが笑い出した。

「つまらん芝居は止めろ。お前がハラキリしようが俺の要求は変わらん！」

仁は不思議なほど腹が据わっていた。同じ日に二回も死を意識したことで、鈍感になったのかもしれない。

「ショットガンより綺麗に死ねると思います。では後の始末は宜しく‼」

そう言うとナイフをぷっくりした腹にまっすぐ向け、満身に気合を入れて目を瞑った。

（ままよッ‼）

仁は本気だった。

「ストップ‼」

ジャックが大声で制した。

仁はそのジャックをじっと見た。

ジャックが何ともいえない顔つきで言った。

「お前が死ぬのは構わんが俺の大事なコレクションのナイフを汚されるのは困る。お前が手にしているナイフはラブレス、一本二万ドル以上する逸品だ。さぁ服を着ろ。ビジネスの話をしてやる」

仁は「はぁ……」と息を吐くと一気に気が抜け項垂れた。

「お前がサムライだということは認めてやろう。カミカゼボーイ」

そう言ってジャックは笑った。

仁はジャックと二人で話していた。

「お前の前にもＮＦ（永福商事）のカミカゼが来た。二十年以上前のことだ」

互いにどう落としどころを見つけるかということ、そして互いに誠意をもって今回の不幸な件に対処することにしたのだ。

仁は、永福商事のネットワークを使って飼料としては使えないトウモロコシを化学品原料として売れないか、至急調べて動くと約束した。

ジャックは契約価格の三割なら、手を打ってもいいというところまで譲歩した。

「分かりました。兎に角、出来る限りの努力はします。二週間待って下さい」

その仁にジャックが同意した時だった。永福のカミカゼについてジャックが話を始めたのだ。

カミカゼとは永福の人間のことだった。

「それはどんな人物ですか？」

仁が訊ねるとジャックは遠い目をした。

「新種のトウモロコシの栽培を俺に決断させた奴だ。『アメリカ人なら挑戦しろ』と挑発して俺を動かしやがった。名刺にWinds of God Divisionと記していた男。ラストネームは忘れたがファーストネームはカミカゼだった」

仁は驚いた。

◇

青山仁は永福商事シカゴ支店にいた。米国における永福の商品ビジネスの拠点だ。様々な金属の原料や製品、穀物や食品などで米国産や米国の商品市場を経由したものを全て扱う。米国最大の商品先物市場であるＣＢＯＴ（Chicago Board of Trade（シカゴ商品取引所））があることで、関連する企業も集まっている。

仁はCBOTに初めて入った時の驚きが忘れられない。

（これが世界最大の先物市場か‼）

そこにはピットと呼ばれる大小様々な八角形のすり鉢状の立会場が置かれている。

農産物先物だと大豆、小麦、トウモロコシのピットが一等大きく、そこで取引参加者が相対で値決めを行う。オープン・アウト・クライと呼ばれるやり方で、ピットの中で買値と売値を唱えて値決めをするのだ。

昔の東京証券取引所の場立ちと呼ばれる人たちのハンド・シグナルと同じように、両の掌を使い“Five Taken!”とか“Seven Yours!”と大声を挙げながら売買を行っていく。

仁が最初にそこに近づいた時には、喧嘩（けんか）をしているのではないかと思ったほどの勢いと熱気があった。

（ピットの中は戦場だ！）

売りと買い、様々なモノを巡って値段が刻々と人間の手で付けられていく様子に、異様なほどの興奮を覚えた。

商社マンはモノを動かす。動かすことで口銭、手数料を取る。つまり利益を得る。

「動かせるモノは全て利益になる」

それが商社マンの基本だ。

売りと買い。それにたずさわる生の人間の姿がそこにある。その二つがぶつかって値段という一点の数字が出来上がる。

(値段。それが出来ないと商売にならない。モノを動かしてもそこに値段がつかないとビジネスにならない)

仁は毒カビに侵されたトウモロコシを、なんとかビジネスにしようとしていた。

(商品として売り先を見つけることだ。飼料としては絶対に売れないが、必ず何かある筈だ)

そう思ってシカゴ支店で様々な人間に相談を持ち掛けていた。

昨年着任したばかりの支店長は、金属畑の人間で穀物ビジネスに疎くネットワークが無い。今は鋭意勉強中なのだと心細いことを仁に告げたが、奇妙なことを言った。

「だがそのトウモロコシは永福にとって特別なものだと歴代シカゴ支店長への申し送りになっているからな。何とかしないといけないのは分かっている」

仁は支店長の言葉に驚き、どういうことですかと訊ねた。

「ジャック・ビンセントは何か言っていなかったか?」

そこで仁は思い出した。

「二十年以上前、永福のカミカゼが来たと言ってました」

支店長は頷いた。

「神話……ミスター永福から続く神話だな」

仁には分からない。

「神話って何ですか？」

支店長は仁をじっと見た。

「永福商事の歴史を知っているな？」

そう言われて仁は少し考えた。

「戦前の官製貿易会社だった東京の富永交易と、近江商人の系譜の大阪の福富江商が合併して出来た、そういうことですか？」

その富永交易にいた人物が神話を創ったのだという。

「帝都や日章など財閥系ではない永福が、日本の防衛産業に食い込んでいるのは戦前の富永交易が軍需の商売をしていたからだと言われているが、それは事実ではない。今の永福がよく『ラーメンからミサイルまで』と、扱う商品の多彩さをいうが……合併当時、防衛関連はゼロだったという話だ」

仁は支店長の話に聞き入った。

「昭和四十五年に両社が合併して永福商事が出来た。その時ひとりの富永交易出身の男が中心となって財閥系トップ二社の牙城だった防衛部門に斬り込んで崩した。それをどうやったのかは、全く知られていない。だが最も大きいのは彼がその後の永福の核心的収益部門、原油天然ガス事業の基盤を築いたということだ。それが当時の社長でミスター永福、玄葉琢磨だ。そして、その玄葉から神話を引き継いだ男がいる」

仁は話に引き込まれていった。

「神話を継いだ男。今の永福の多角化には全てその男が関わったと言われている。例えば米国の大規模農家に新品種の付加価値の高い穀物を生産させること」

エッと仁は驚いた。

「ジャック・ビンセントにトウモロコシを作らせたカミカゼ?!」

支店長は頷いた。

「そう、その男だと言われている。昭和の終わり頃、その男が米国中の農家を歩き回って説得し、商売にしたということだ」

仁は、しかしそんな話を東京本社で聞いたことがなかったと返すと、支店長は答えた。

「その人物は過去の自慢話をしたり、自分のことを話されたりすることを極度に嫌うらしい。会社の人間も取引先の人やOBから聞いて初めてそのことを知るんだ。嘗てカミカゼと名乗っていたことを、な。だが誰もそのことを口にしない。その男の心の裡を忖度するように……。だから知る人ぞ知る永福の神話だ」

仁は不思議だった。

「その人物は今も永福にいるんですか?」

支店長は頷いた。

「誰なんですか？」

俺から聞いたと絶対に言わないなら、教えてやると支店長は言う。

「僕は口が軽いですから約束できません」

仁は正直にそう言った。

「じゃあ、駄目だ。俺は出世したいからな」

（支店長が出世したいということは、ずっと上にその人物がいるということか）

仁はジャック・ビンセントとの商売に決着をつけた後で、ジャックからカミカゼについてもっと聞こうと思った。

仁は必死にアメリカの永福の様々なネットワークを使って、カビ毒に侵されたトウモロコシの売り先を見つけようと頑張った。

すると一筋の光明が見つかったのだ。

「ここなら使ってくれるかもしれない！」

そうしてテキサスに飛んだ。

ダラス・フォートワース空港からタクシーに乗ってダウンタウンにあるその会社に向かった。そこは糊（のり）を製造する会社で、高級な製品にはトウモロコシも原料として使う。

仁は担当者に命懸けで採取したトウモロコシのサンプルと、自分たちの検査の結果ファイルを渡した。

暫くして営業と品質管理の担当者の二人が出て来た。

「確かに飼料としてはこのアフラトキシンの含有量では駄目でしょうが、当社の精製製造技術を使えば百パーセント安全な天然の糊として製造出来ます。どうです？　日本にその糊を売ってくれますか？」

相手もなかなかのビジネスマンだ。

仁はそんな場合を想定して、本社の関連部門にヒヤリングをしておいた。

「幼児向けの糊を製造販売している取引先がある。そこに掛け合ったら値段を出してくれたぞ」

東京からは色よい返事を貰っていた。

だがそんなことはおくびにも出さず、ビジネスの交渉はしないといけない。

「糊の原料となるトウモロコシは高く売って、糊そのものは安く買わないといけない」

仁は粘り強く交渉し、商談を成功させた。

ジャック・ビンセントのトウモロコシを言い値よりも高く買えるところまで粘ったのだ。

仁は商社マンとして一つ山を越えたように思った。

「お前は日本人か？」

タクシーでまた空港まで戻る時、年配の運転手が訊ねてきた。

「そうだよ。トレーディング・カンパニーのビジネスマンだ」

ふぅんという風にその運転手は頷いた。

「俺は日本に行ったことがあるんだよ」

アメリカ南部で珍しいなと思った。

「あれは一九七〇年だったなぁ」

仁は考えた。一九七〇年、一九七〇年、一九七〇……！

「あぁ、大阪の万博に行ったんですね！」

そう快活な感じで言うと、相手はどこか沈んだ調子で言葉を返してきた。

「ベトナムからのトランジットだ」

そこで車内の空気は一気に重くなった。仁はアメリカという国を思った。

「この国は戦争する。色んなところで戦争をして来た国だ。こうして兵士として戦った人間が普通に生きている国なんだ」

日本人はそれをどう捉えたらいいのか。そうして日本という国を考えた。

「日本は戦争をしない。いや出来ない。でもそれで本当にいいんだろうか？　日本が巻き込まれる戦争になったら、アメリカは本当に守ってくれるのかな？」

国というものを仁は初めて考えた。

青山仁はジャック・ビンセントとの問題を処理できる目鼻をつけると、東京に戻った。

商社マンにとってどんなモノでも諦めず、〝動かす〟ことが出来ればビジネスになることを仁は学んだ。

◇

米国でしとげたことの報告書を書いている仁に、秘書室から電話が掛かって来た。

「高井専務が青山さんにお話があるそうです。今直ぐにおいで下さいとのことです」

「高井専務？　僕に？」

なんだろうなぁと呟きながら、仁は指定された役員応接室に向かった。

専務の高井は、仁が所属する穀物部の担当ではない。

「確か、繊維・化学品の部門統括だよな」

一体なんだろうと思って応接室で待った。

直ぐに高井が入って来た。恰幅良くいかにも重役のおもむきがある。どっかと椅子に座ると仁を見た。

「君が青山君かぁ……なんやイメージと違うなぁ」

関西弁でそう言う。

（僕のどんな情報が入ってるんだろう？）

仁は高井の顔を見ながらそう考えた。

「どや？　エサは面白いか？」

飼料の仕事のことだ。

「はい。農家の息子ですから生ものを扱う仕事は楽しいです」

高井はふぅんという風に頷いた。

「ジャック・ビンセントとやりおうたらしいなぁ」

仁はアッと思った。

（高井専務が例の男なのか?!）

仁は、専務がカミカゼですかと言いそうになったが止した。ジャックとのやり取りを説明すると高井は意外なことを言った。

「わしはジャックを直接知らんが、何せ永福の神話のひとつやからなぁ」

そうなのかと仁は改めて高井を見た。

（すると、例の男というのは専務よりも上の人間ということか？）

仁がそう考えていると高井が言った。

「アメリカで面白おかしう仕事したようやが……。あっ、これは褒めてんねんで。それでもエサは儲からんやろ？　それは分かってるわな？」

確かに飼料は永福全体の営業利益率より低いビジネスだ。

ですがまだまだ面白いことは出来ると思っています、と仁が言いかけたところで高井が身を乗り出した。

「肥料に人が足らんのや。青山君、エサの次はコヤシや。やって貰うで！」

「はぁ？」

異動命令だった。

仁は肥料部に異動になった。仕事は有機無機とある様々な肥料の輸出入だ。

「こんなに儲けているのか？」

仁は部内の財務諸表を見て驚いた。年間百億以上の利益が出ている。飼料とは桁（けた）が違うと高井に言われたことが納得出来た。

だがそこにはからくりがあることを知る。

「KR？　ケイアールって何ですか？」

国際的な食糧援助のことだった。食糧不足に直面する発展途上国に対して、米や小麦、トウモロコシなど穀物を支援する目的で無償資金協力を行うのだ。

関税、貿易に関する国際経済協定、GATT（ガット）〔General Agreement on Tariffs and Trade〕のケネディ・ラウンド〔Kennedy Round〕の食糧援助規約に基づくもので、ケネディ・ラウンドの頭文字をとってＫＲと呼ばれる。

これ自体は実に美しい話で、国家の大義名分があり、資金の出どころも目的も非の打ち所がなく立派なものだ。だが、大きく掲げられた見事な旗の下には陰も大きく出来る。その陰でやるのが日本政府の出すカネを日本企業の利益になるように循環させることだった。

「それが第二ＫＲとされる」

これこそが商社の旨味（うまみ）なのだ。

「嘗ては隆盛を誇ったが、日本の肥料製造は斜陽産業になってしまっている。それを守る為に日本政府の無償資金援助、ＫＲで相手国に日本の肥料を買って貰うんだ」

つまり日本がＫＲで出したカネで、当該国に日本製の肥料を買って貰う。つまり輸出するということだ。

肥料は窒素（Ｎ）、リン酸（Ｐ）、カリ（Ｋ）の三要素で出来ている。それぞれの要素の元となる原料を海外から輸入する。そのＮ・Ｐ・Ｋを均等に混ぜて粒に加工する混ぜ屋、それが日本の肥料メーカーなのだ。

永福は肥料メーカーの原料輸入と製品化した肥料の当該国への輸出の双方で利益を得る、いわゆる両手の商売になる。

「でも、ＫＲって簡単に日本政府は出すんですか？」

仁に説明をしてくれる先輩はニヤリとした。

「役所は全て要件主義だ。要件さえキチンと揃えば予算がついているから直ぐに出す。だがその要件が……ミソなんだ」

先輩の目つきがなんともいえないものになった。

先輩は〝極秘〟と書かれた書類を仁に見せた。そこにはアフリカのブルンジやルワンダが日本からKRを獲得するまでの経緯が詳細に書かれていた。

お役所相手の仕事であるKR、そこで大事な要件に相手国からの要請があるのだ。

「要件の中の最重要が要請主義だ」

相手国が日本国にKRを要請して初めて全てが動き出す。

「その為の手紙を当該国に書かせなくてはいけない」

その手紙の内容が、KRの要件に合っていればカネは出るという仕組みだ。

「だがな、相手はすんなりと手紙を書かない」

エッと仁は驚いた。

「だっておカネが無償で貰えるわけでしょう？　何故、すんなりと書かないんですか？」

先輩はその書類の一点を指さした。

「業務委託料？」

永福が相手国にある会社に支払っているとされる金額が書いてある。決して小さな金額ではない。

「この企業が先方に届いた肥料を輸送したりしている訳ですか？」

モノを受け取ってからの業務委託ということだとしか浮かばない。

「賄賂だ」

仁は先輩の言葉の意味が分からない。

「ワイロ？　ワイロって専門用語ですか？」

先輩は笑った。

「賄賂だよ」

そう言ってペンを取ってメモに書いた。

仁は驚いた。

要請主義であるKRは、アフリカの貧しい国々の政府関係者の懐に入る仕組みになっていたのだ。

蛇の道は蛇、日本の商社がKRを要請させる為に当該国に弁護士会社を設立させ、その会社が指導する形で、要請の手紙を当該国政府から日本政府に送らせるのだ。

「その弁護士会社に永福は業務委託料という名目でカネを支払う。そうすればKRは表面上綺麗なままで、カネの動きは透明な形が取れるということだ」

仁は唖然とした。

「そんなことを永福はやってるんですか？」

ショックだった。しかし、先輩の次の言葉はさらに衝撃的だった。

「帝都商事や日章物産など財閥系はもっと大きな国で同じ仕組みでやっている。ウチなんかは可愛い方だ」

仁はそこで日本の商社の対外的な裏の役割を知ったのだ。

「お役所の要件主義は要件を満たすのが大変だが、満たしてしまえば、つまり書類さえキチンと揃っていれば幾らでもカネは出て来るということだ。そこが政府が絡むビジネスの旨味になるということだ」

仁は納得いかないという顔をした。

「だがな、世の中はそんなに甘くない。青山、この日本の役所で一番恐い(こわ)のはどこだか分かるか？」

先輩にそう言われて警察ですかと仁は答えた。

「覚えておけ。この国で何よりも恐く優秀なのが税務署だ。税務署はこのKRについても完璧(かんぺき)に調べあげている」

エッと仁は声をあげた。

「賄賂のことも知ってるんですか？」

先輩は頷いた。

「税務署の帳簿の調べ方は凄い。『この海外の会社へ送金されている業務委託費の詳細を教えて頂けますか？』と直ぐに嗅ぎ付ける」

　それでどうなるんですかと仁は訊ねた。

「税務署員の本質は何だと思う？」

　仁は分かりませんと首を振った。

「カネさえ取れればいいという了見。相手が悪であろうと善であろうと関係ない。どうやって税金を搾り取るかその一点。道徳も倫理もない」

　仁は啞然として訊ねた。

「税務署は業務委託費を賄賂だと知っている訳ですよね？　それからどうしたんですか？」

　先輩は苦い笑いを浮かべた。

「『これは……工作金ですね』と言って費用として認めず、その分余計に税金を取っていったよ」

　仁は目を丸くするだけだった。

第三章　インドからアメリカへ

池畑大樹の大阪の繊維機械部での仕事は、予想以上に厳しいものだった。インドやパキスタンの現地繊維メーカーに日本製の機械を輸出するのだが、競争は激しく、新規開拓が進まない中、既存顧客が工場を増設する際に他社の製品に乗り換えることも出てきていた。

さらに状況を悪くさせることが起きた。

製造小売りと言われる新たな業態——安価で高機能、デザインも優れたアパレルを製造販売する企業。それらは海外生産に乗り出す初期段階では商社とタッグを組んでいたのが、ノウハウを吸収してしまうと自社で原料調達から製造、流通、販売まで一貫して自社で行うようになっていた。飛ぶ鳥落とす勢いとなった新業態から商社は御払い箱にされたのだ。

「このままでは新たな消費構造から商社は弾き飛ばされるぞ」

池畑は危機感を強めた。

「そんな中で商社に何が出来る？　古い商売の流れにしがみついても利幅は薄くなり、リスクは高くなる一方だ」

新業態の急速な拡大で、既存の繊維メーカーの倒産も出るようになっている。商社の債権が回収出来なくなるリスクはどんどん高まっているのだ。

「ふーッ」

インドから二ヶ月ぶりに大阪に戻った池畑は、日曜日の午後、千里中央のマンション十階のベランダに出て、フェンスに手を掛け周囲の景色をぐるりと見回して深呼吸をした。

「穏やかだよなぁ」

インド・パキスタンの出張から戻って来ると、自然とそんな言葉が口に出る。

妻の真由美は朝から千日前の実家の食堂の手伝いに行って池畑は一人だった。夜には池畑も店に出向き、夕飯をご馳走になる。

大阪の郊外、千里中央の駅から徒歩十分の借上げのマンションは、２ＬＤＫで夫婦二人暮らしには丁度いい。淀屋橋の永福商事大阪本社（東京大手町の本社は東京本社という）まで始発で一本なのが助かる。

結婚して三年になるがまだ子供はいない。真由美がまだ欲しくないと言っているからだ。

真由美は池畑との結婚を機に永福を退職したが、外国人に日本語を教える教師の資格を取るための勉強に加え、週のうち三日は千日前の実家を手伝っていた。

「お父ちゃんもお母ちゃんも体がしんどなってきてるしな。大阪におる間はやらしてよ」

商社マンはいつ海外赴任になるか分からない。真由美はそうなったら池畑についていくと約束している。

仁も真由美が店を手伝っている時には、夕飯は千日前まで出かけて世話になる。大阪の味がすっかりお袋の味になっていた。

「本物のお袋の料理はいつも手抜きだったもんな」

池畑の両親は、横浜の郊外に庭付き一戸建てを購入して住んでいる。

父親は定年後も、特別顧問として海外工場のメンテナンスで中国や東欧を回っていて家には殆ど（ほとん）いない。留守宅で母親は趣味のガーデニングにいそしんでいる。

「母さんは家事は手抜きなのに、ガーデニングはプロ級というのが不思議だね」

相変わらず父親不在の実家に寄った時、池畑はそう言った。母親は英国風のローズガーデンをコンパクトながら見事に設え（しつら）、ガーデニング雑誌の表紙を飾るまでになっていた。

「私は草花を自分の思った通りに育てるのが好きなの。好きなこと、やりたいことを一生懸命やる。それが私の人生」

母親は淡々とした表情でそう話すと庭に出て、育てているハーブを取って来てお茶を淹（い）れてくれた。それが旨（うま）い。

「美味（おい）しいね！　母さんが作ってくれたもので一番おいしいよ」

お前は失礼だね、と母親は苦い顔をした。

「インドにしょっちゅう出張してるからお茶にはうるさくなったけど、母さんのハーブティーはお世辞抜きに美味しいよ。心がこもっているね」

母親は「さらに失礼だね」と言いながらも嬉しそうだ。池畑は、母親は自分というものをちゃんと持っている人なんだと改めて思った。

――母さんには母さんの人生があるんだ――

高校の時にヤンゴンで父がそう言ったことの意味が、今の母を見て分かるように思った。

母にも訊いてみたいと敢えて質問した。

「母さんは父さんと離れていて淋しいと思ったことはないの？」

そこには自分と真由美の関係を想定してのことがある。

母親は少し考えてから言った。

「結婚って、家族って、なるようにしかならないものだと思っているからね。夫婦や家族はこうでなければならない、いつも一緒にいなければならない、なんて考えたことはない。父さんは父さん、私は私で人生を生きている。それに私は主婦が嫌いだったし、今も嫌い。でも子供はちゃんと育った。結果オーライだけどそれでいいでしょう？」

池畑はそうだねと言うしかなかった。

「大事なのは先ず自分。そうでないと周りも大事に出来ない。自分が幸せになれる状況を作ること。それが大事なのよ」

その母親の言葉を池畑は大阪の千里中央のマンションのベランダで思い出していた。

一九七〇年に万国博覧会が行われた会場の一部は公園として残っていて、ベランダから見ることが出来る。

池畑が生まれるずっと前、高度経済成長の絶頂期に開催された大阪万博の映像や写真を見ると、訪れた人々の希望に満ち溢れた表情が凄く印象的だ。

「あんな表情をした日本人は今は見ないもんなぁ」

公園の方を見ながらそう呟いた。

万博公園は「兵どもが夢の跡」なのかと思うと日本人として淋しいと思う。

「一九七〇年の商社って凄い勢いだったんだろうなぁ」

猛烈に働いているビジネスマンたちが想像出来る。池畑も今、同じように働いている自負はある。だがどうしてこんなに難しい状況に日本の商社がなっているのか、忸怩たる思いだ。インドやパキスタンで池畑は懸命にビジネスを広げようとしているが、限界を感じている。

「時の流れの中で商社は何か間違ったのだろうか?」

そんな風にも考える。

ふと、日本人は豊かになる方法を間違えてきたのではないかと思った。

池畑の父や母は自分というものを持っているが、他の多くの日本人は自分よりも状況に甘んじて生きているように思う。

「豊かになる中、自分がないとどうなるか」

自分でも妙なことを考えると池畑は思った。

ふと真由美と買い物に出た時に話をしたことを思い出した。

それは近頃目にすることの多い、大きなベビーカーのことだった。凄く高価そうなベビーカーを、ごく普通の感じの若い母親が子供を乗せて押している。

自分たちも赤ん坊の頃はそうやって育てて貰っていたのだろうと思いながらも、違和感を持った池畑が真由美に言ったのだ。

「日本はああやって子供に沢山おカネを掛けてるけどさ、パキスタンのある村に行った時に子供を見て凄いショックを受けたことがあったんだ。あまり話したくないことなんだけど」

真由美は話してくれと言った。

「その村に入ると、腕や足の無い子供がやたらと目につく。それで現地のコーディネーターに訊ねたんだ。『この村では戦争があったのか？』とね。返って来た内容に驚いた。体の不自由な子供には宗教上、周囲の者は施しをしなくてはならないとされていて、おカネが貰えるというんだ。だから貧しい親たちがカネ欲しさに子供の手や足を切るんだと

「……」

真由美は絶句した。

「それには驚いたけど、子供は親に報いるものだとする考え方があるからそうするんだというんだ。でも貧しさから抜け出せばそんなことはなくなる。繊維工場ができて、親たちがそこで働いて豊かになれば村は確実に変わる。気の毒な子供たちはいなくなる。それが分かったから、何とか工場の進出を成功させたいと思ったんだ」

真由美は暫く考えてから言った。

「国はそれぞれ、人もそれぞれやけど……、私ら、この国の人間の殆どは、幸せやということやね」

真由美の言葉は池畑の心に響いた。

「僕は人に対して偏見がない。両親の育て方のお陰だと思うけど、国籍や肌の色、出自で差別したり、人をカネのあるなしで羨んだり見下したりすることがない。今真由美が言ったそれぞれということを受け入れてきた。だが受け入れられない不幸もある。日本にいるとその不幸がなかなか分からないけど、発展途上国に行くと目に見えるものとしてある。僕は自分の仕事を通じて〝自分が受け入れられない不幸〟は無くしていこうと思ってるんだ。それが商社に入ったことの意味だとこの頃は思うんだよ」

真由美はその池畑に頷いた。

「エエかっこやけど、それはほんまにエエことやで。あんたを育てた横浜のご両親には感謝やな。そやけど、ここからは私がそんなあんたを支えたるからな。必ず支えたる」

池畑はその言葉に涙が出そうになった。

「なかなか仕事では結果が出ずに厳しいんだけど、真由美がそう言ってくれたら頑張れるよ」

真由美は言った。

「しっかりやりよ。あんたのやりたいように」

池畑大樹はムンバイにいた。

(相変わらずタフな奴だな)

現地のエージェントと口銭の取り分の交渉の最中だ。相手は自分の取り分が少ないと直接的には言わない。

「インドの繊維メーカーは競争で苦しんでいる。だから委託手数料をディスカウントしてやって欲しい。でないとメーカーは永福との取引は解消すると言っている。だが俺がそんなことはさせないからメーカーの言うことを聞いてやってくれ」

そう言うのだ。

（メーカーは絶対にそんなことは言っていない。〝ディスカウント分〟を自分の懐に入れるのは見え見えなんだが……）

池畑は相手の顔を見ながらそう思う。そしてこの交渉は時間を掛けないと難しいなと思い、ある作戦に出た。

池畑はエージェントを食事に誘った。それも超高級レストランの名前を出した。永福からの接待ということだ。だが、インド人は面子を重んじてインドで外国人におごられることを良しとしない。案の定逆に相手は自分がご馳走すると言う。

これが池畑の作戦だった。

（飯を食わせたんだから元は取らないといけないとエージェントは考える。交渉を長引かせても……大丈夫だ）

池畑が名前を出したレストランよりランクは下がるが高級な店だ。

「十分ほど歩くが、いいな？」

池畑は勿論と言って、一緒にムンバイの街に出た。

カッと強い太陽が真上にある。インド特有の雑踏、老若男女、金持ちも貧乏人も、健康な者も身体障害者も、犬や牛も……そして時には死体を目にすることもある。生きる者も死んでいる者も、人間も動物も、全てが雑踏という空間の中で混ざり合うのがインドだと池畑は思う。

そんな中をスーツ姿の二人は歩いていく。

エージェントはインドの身分制度・カーストのクシャトリヤという貴族階級に属する。イギリスにも留学経験があり、綺麗（きれい）なクィーンズ・イングリッシュを話す。

インドでカーストは絶対的なものだ。

「カーストという身分制度。それは……身分差別などという生易（なまやさ）しいものではない。区別だ。それを認識しておかないとインドではやっていけないぞ」

先輩からそう言われて池畑は戸惑ったが、それをインド上流社会で明確に知った場面があった。

永福の重役がインドでの国際会議に出席することになり、池畑がアテンドを務めた時のことだ。

重役のチェックインした超高級ホテルの部屋で打ち合わせをしていた。

突然、部屋の電球が切れた。

「直（す）ぐに交換させます」

池畑がフロントに電話をすると早速三人やって来た。

脚立を持ってくる役割の者、電球を持ってくる者、そして電球を換える者……まるでコントだ。だがその三人の役割は生まれ落ちた時に決まっていて、死ぬまで変わることはない。

インド社会がそんな風に出来上がっていることに池畑は衝撃を受けると共に、人間とは一体何なのだろうと思った。

人は自分がどう生まれるかを選ぶことは出来ない。ある意味、乱暴にこの世に放り出される。それがアメリカの裕福な白人家庭なのか、北朝鮮の貧しい農村の家なのかで、その一生はどうなるかが決まってしまう。

努力をすれば報われるというのは、ごく一部の国の中の、一部の階層の中の話なのだと身も蓋もないが思わなくてはならない。

――俺はエリートが嫌いなんだ――

そういう父親も恵まれた存在だからそんなことが言えるのだと池畑は思った。

ムンバイの雑踏をエージェントと並んで歩いていて、そんなことを思い出していた時だった。

大勢の子供の物乞いが二人の周りに集まって来た。

池畑は大声を出して追い払おうとした。そうすることがインドで池畑の習慣となっていたからだ。

だがエージェントは違った。ポケットの中から小銭入れを取り出すと一人一人にカネを与え始めたのだ。

「……」

　全員に渡し終わるのに十分以上掛かった。

　唖然とする池畑にエージェントは言った。

「カネの有るものがカネの無いものにほどこしを与えるのは当たり前のことだ」

　喜捨とはこういうことか、と池畑は思いながら訊ねた。

「国を豊かにして誰もが平等に幸福になるという考えはどうですか？」

　それは池畑が商社で働く意味の核でもある。

「理想の理念としてはいいんじゃないか。だが現実には不可能だ。人は自分が与えられた環境で生きるしかない。環境を変えるのは地球の自転を逆にするくらい難しいことだ。与えられた環境で己が理想とするものを追求する。それが人間なのではないか？」

　エージェントの言葉は池畑の腹に落ちた。

「アメリカ？　ノースカロライナ？」

　翌日、池畑はムンバイで滞在するホテルへの課長からの電話で、自分の異動を伝えられた。

「そうだ。ノースカロライナ州シャーロットだ。聞いたことあるだろ？　大阪に戻って準備ができ次第、行ってくれ」

窓の外のぎらつくインドの光を見詰めながら、池畑は「アメリカ……」と呟いた。

アメリカでの生活、真っ先に思ったのは妻の真由美のことだ。海外での夫婦の生活がアメリカということでホッとする部分は大きい。真由美は海外赴任となれば何処へでもついていくと言ってくれていたが、生活の快適さを考えればアメリカは最高の国だ。

「だけど……」

仕事は別だ。

ノースカロライナ、シャーロット……繊維センターとして世界的にも有名な都市だ。綿花地帯の中にあって様々な繊維工場が集結している。しかし永福商事にとってそこは鬼門だった。

総合商社第四位の加藤忠、そして第五位の丸藍の二社が米国の繊維産業への機械輸出を独占している状態なのだ。二社は帝都商事、日章物産、そして永福商事に先んじて米国に進出、人もカネも投入して商圏を完全に独占出来るまでにしていた。

その後、永福も米国への繊維機械輸出に参入したが、ことごとく先行する二社に返り討ちにあっていた。結果として永福は昔から強いインドやパキスタンに注力せざるを得なかったのだ。

「シャーロットは鬼門」

それが永福の繊維機械部では通り文句となっている。

「そこへ何故俺が？」

池畑には会社の方針が全く分からない。

大阪本社繊維機械部という永福の伝統ある部門に配属され、周りから君はエリートだと言われ、それに反発していた池畑だったが、心の裡では自分はエリートなんだという自負が生まれていたことに、その時気がついた。

「何故エリートの俺がそんなところへ行かされるんだ？」

そう考えている自分に愕然とした。

だがそれが素直な自分の気持ちだと分かるだけに、池畑は自分が嫌になった。それは極めて複雑な感情だった。

エリート嫌いなどと格好つけていただけで、本心ではエリートとして出世していくんだと思っていたのだと……自分の化けの皮が剝がされるような途轍もなく嫌な感情が心の底から湧いてくる。

そしてもう一つ。

「俺は飛ばされるのか……」

会社が自分を評価していないということか、と池畑にとって一番大切な自信が失われそうになる。

お前には実力がないから全く商売にならないところへ飛ばすんだ、と会社が言っているように思えるのだ。

インド・パキスタンでの商売が環境の変化で池畑の頑張りがあってもなかなか伸びず、守勢に回ることが多くなっている現実が、自分の実力の所為にされるとすれば非道い。

(何故、今、俺がシャーロットに行かされるんだ?)

どう考えても納得のいく理由、前向きに考えられる理由が見つからない。

(これがサラリーマンか……)

世の常である不条理、そう捉えなくてはならないのかと池畑は肩を落とした。大企業の永福の中では、結局自分のような存在は塵芥のようなものかと思えてくる。

サラリーマン人生初の挫折、それが池畑の心を占めていた。

◇

「お荷物はこれで全部ですね? では確かにお預かり致します」

N通運の担当者がそう言って池畑と真由美に帽子を取って頭を下げ、トラックは出て行った。

アメリカへの転勤で大阪のマンションの家財道具は全て預かって貰うことになった。現地での家具等は全てレンタルすることになっている。

「アメリカは生活に関しては何でも揃っている。楽なもんだよ」

人事部の担当者からそう言われたが池畑は複雑な思いだった。

「生活は楽だが……仕事で結果を出すのは本当に大変だ」

永福の繊維機械ビジネスで不毛地帯であるアメリカで、独り大地を耕し、種を播いて育て、実を収穫しなければならないのだ。池畑には全く先が読めない。

「ほな、行こか」

真由美がそう促した。

アメリカに発つ前、京都と奈良で二泊三日過ごすことになっている。

「暫く日本に戻ってこれないからどこか国内を旅行しておこうよ」

池畑の提案に真由美が京都・奈良にしようと言ったのだ。

「大阪の人間って案外、近所を知らんのよ。直ぐ行ける思てるんやけど、行けへんねんな。私も中学の時の遠足で清水寺とか東大寺とか行ったぐらいなんよ」

それならと池畑は奮発して京都の高級旅館T屋と奈良の老舗Nホテルを予約した。

二人はそうしてまず京都に向かった。

「あっという間やね」

新大阪から新幹線で十五分の距離に真由美は驚いた。池畑は大阪の人間にとって本当に京都が身近でないのがそれで分かった。

「大阪の人間は京都が好きじゃないのかい？」

そう訊ねると真由美は複雑な表情をする。

「京都の人間ってよう分からんからね。大阪人みたいにハッキリしてないからな。うちの親なんかは京都はめっちゃ難しいて言うわ」

池畑は大阪に三年以上いたのに、京都に行くのはこれが初めてだということに改めて気がついた。

「関西はほんまにその土地その土地でちゃうからな。大阪、京都、滋賀、兵庫、奈良、和歌山……近いようで遠いのが関西や思うよ。ひょっとしたらアメリカに行った時のほうが身近に感じるかもしれんわ」

そういうものなのかと池畑は思った。京都駅からタクシーで旅館に向かう途中、二人はそんな話をした。

そうしてT屋旅館に着いた。

「なんや？ えらい小ぢんまりしてんねんな」

真由美は有名旅館と聞いて大きな建物を想像していたが、迎え入れられた玄関は違う。だがその趣は深い。

一階の庭に面した部屋に通されると、まさにそこは一流の京都ならではの設えだった。紅い漆塗りの大きな座敷机を前に池畑は座り、出された煎茶を呑んだ。菓子も旨い。全てに神経が行き届いているのが分かる。

池畑は真由美に訊ねた。

「どうする？　このまま部屋でゆっくりするかい？　それとも外に出る？」

真由美は京都らしいところを歩きたいと言った。

係の女性に訊ねると哲学の道を紹介された。

「南禅寺（なんぜんじ）さんまで行かはって、そこから疎水べりを銀閣寺（ぎんかくじ）さんまで歩かはったらどうです？　途中の法然院（ほうねんいん）さんも趣あってよろしおすえ」

直ぐにタクシーを呼んで貰った。

「やっぱり京都、いいね」

車窓から街並みを見ながら池畑がそう言うと真由美は首を傾（かし）げる。

「そうかなぁ……なんや辛気臭い感じするなぁ」

派手好き明るいもの好きの大阪人気質なのか、と池畑が訊ねると真由美は少し考えてから答えた。

「京都ってなんや町全体の空気がどよんとしてるような、閉め切っているような感じがするんや。あんたは感じへんか？」

池畑には分からない。

「そやけどエエよ。やっぱり京都は京都らしいわ」

そうして南禅寺の三門のところでタクシーを降りた。境内を散策してから哲学の道に向かった。

「何で哲学の道って言うの？」

あぁと池畑は京都学派という哲学者たちがいたことを話した。

西田幾多郎、九鬼周造、和辻哲郎、三木清……。

「戦前、京都の大学で盛んだった日本独自の哲学の追究。学者たちがその道を歩きながら色んなことを考えたというところから名づけられたんだよ」

ふぅんと真由美は感心した表情になった。

「あんた、よう知ってるなぁ」

池畑は笑った。

「大学の教養の時、哲学に興味があったから、ちゃんと授業に出たんだよ」

ふぅんとまた真由美は言った。

「やっぱりあんたはエリートやな」

その言葉に池畑はドキリとした。

「エリートとは違うだろ？　ただ哲学に興味があって本を色々読んだりした。ただそれだけだよ」

ただそれだけがエリートちゃうのと真由美は言う。

「そういう環境に恵まれたわけやろ。そういう勉強がしたいと思てやれる環境に？」

真由美の指摘は的を射ているように思うが、それはエリートとはまた違うと池畑は言った。

「勉強は誰でもどこでも出来るだろ？　哲学を勉強したらエリートってもんじゃないよ」

そうかなぁと真由美は言う。

「哲学を勉強したなるちゅうのはエリートの環境ちゃうの？　うちの店のお客さんで哲学の話する人なんていてないで」

二人は永観堂（えいかんどう）を通り過ぎて『哲学の道』と書かれた標識を見つけ、東に道を上がり疎水べりの道の始まりに来た。

「ここからが哲学の道だ」

二人は石の敷かれたその道――疎水の流れに沿った瀟洒（しょうしゃ）な雰囲気の道を歩いた。

「俺はエリートじゃないよ」

池畑は歩きながら言った。

「なんや？　まだ言うてんの？」

真由美が呆（あき）れたような顔をした。

「エリートだったらシャーロットなんて行かされないよ」

その言葉で真由美が歩みを止めた。池畑はなんとも面白くなさそうな顔をしている。

池畑はそれまで真由美に米国行きに対する本音を一切話していなかった。だがエリートという言葉に自分の感情を抑えられなくなってしまったのだ。

「真由美だって知ってるだろ？　繊維機械部にアメリカの仕事なんて全くないことを。何もないところへ行かされるんだ」

真由美はじっとその池畑を見詰めた。

「それで？　あんた部長に訊いたん？　なんで僕はアメリカに行かされるんですかって」

池畑は頷いた。

「アメリカでのビジネスに既成概念や先入観の無い優秀な人間を行かせて突破口を開くんだと、なんともカッコいいことをその返事として言われたけどね」

真由美は何も言わず、じっとその池畑を見詰めた。

「アメリカへの転勤というと表面上体裁がいいから君の両親も喜んでたし、君もそれに合わせてくれてると思って黙っていたけど……」

真由美は微笑(ほほえ)んだ。

「エエやん。そうやって本音言うてくれて嬉しいわ」

エッと池畑は驚いた。

「物事ってどうとでも取れるよ。何が良うて何が悪いなんかほんま分からんよ。あんたがアメリカに行ってどうなるか？　そんなん全然分からんやんか。そやけどそやから面白いやんか。あんたは商社マンや。どんなもんでも商売に出来る仕事なんやから何もないって、逆に色々出来て面白いんちゃうの？」

池畑はそれを聞いてどこか呆けたようになった。

心の底の澱みが一気に攪拌されて、パッと視界が開けたように思えた。

池畑の〝気〟が晴れたのだ。

「あぁ、そうだよね。これから何がどうなるかなんて分からないよな。そうだよ。真由美の言う通りだ」

真由美は頷いた。

「あんたはエリートや」

その言葉でまた池畑は緊張した。

「エリートは襟を正してんとあかんよ。どんな時でもどんな状況でも。どんなにしんどい時でも嫌な時でも……。そういう心を持ってるのがホンマのエリートやと思うで。あんたはホンマのエリートにならんとあかんよ。いや、あんたはもうなってる。それに私がついてる。大丈夫や」

池畑は涙ぐんだ。そして真由美の体を強く抱いた。

「ありがとう。頼むよ」

真由美は、大丈夫やと何度も繰り返した。

◇

「良いところだなぁ」

ノースカロライナ州シャーロット。アトランタから飛行機を乗り継いでシャーロット・ダグラス空港に降り立つと、池畑は思わずそう呟いた。

アメリカ人がリタイアした後に住みたい街で、常に上位にランキングされる。温暖な気候で冬場過ごしやすく高齢者人口の比率は高い。

「アメリカの偉大なる中規模都市だな」

海外というとインドやパキスタンだった池畑に、そこは別世界、天国のように思えた。

だが仕事を考えると様相は一変する。

空港からホテルまでのタクシーの中から明るく輝く街並みを見つつ、池畑はじっと考えた。

(俺の商社人生を決める五年になる)

永福では海外赴任の期間は五年と決められている。何があろうとその地で五年はいることになる。

永福商事繊維機械部という古くからのエリート部門、だがそれが斜陽となる中、立て直しの切り札が池畑の米国派遣なのだという。

現在、シャーロットに永福の拠点はない。事務所選びからスタートの全てが池畑に任されている。

まずはホテルに滞在しながら、事務所の選定と自分自身の住まいを探さなくてはならない。

妻の真由美は住まいを見つけてから呼び寄せることになっている。

「当面はやることがある。問題はその後だ」

米国での仕事、永福商事は手ぶらで池畑を送り出してはいない。

繊維機械部品メーカー、Kノズル製作所の米国でのビジネスサポートというものがある。機械で糸を作る時に繊維を束ねる部品であるノズル、繊維機械の中でも重要なパーツでKノズル製作所は世界五大メーカーの一つだが、まだ米国に販売拠点を持っていなかった。その拠点作りと米国でのビジネスサポートが池畑の当面の仕事なのだ。

「だがそれは俺の米国滞在費用を捻出出来るぐらいの稼ぎにしかならない」

池畑の本当の仕事は、米国の繊維工場に永福が扱う繊維機械を売り込むことだが、その市場に先行するというより、独占している総合商社の加藤忠、丸藍の牙城にどう食い込むか、という厳しいものだ。

「密集する敵の大軍の中へ、ひとりパラシュート降下して戦うようなもの」

「永福の007、ジェームズ・ボンドとして活躍を期待している」

送別会で部の同僚たちが口々にそう言った。

「優秀な池畑君が永福の歴史に名を残せるかどうかのミッションだ」

部長は厳かに告げた。

永福のエリート部門でありながら斜陽の繊維機械部の未来が掛かっていると皆は言うが、腹のうちでは誰も成功できるとは思っていない。

池畑はシャーロットの空港で、日本人ビジネスマンらしい男たちを数人見た。

(あれは丸藍か?)

(きっと加藤忠の人間だ)

無意識の裡にそう思って心の中で身構えている自分がいた。

タクシーの車窓に映るシャーロットの街並みはどこまでも穏やかだ。

「池畑、気負わなくていいんだ。無理は承知のアメリカ行きなんだ。五年間英気を養うと思って気楽にやれよ。無理を通すと身も心も持たないぞ」

部の中で一番優しい先輩が、そっと耳元でそうささやいたのを思い出す。

池畑はタクシーのウィンドーを少し下げて外気を入れた。

「そう、アメリカに来たんだ。アメリカンドリームを目指せるんだ。アメリカだ」

そう呟いた時に目に入ってきたものがあった。

学校のグラウンドでアメリカンフットボールの練習をしている。

「そうだ！　俺はアメフトをやってたんだ。アメリカ人の魂のスポーツを……」

それを思い出して池畑は妙な自信が湧いて来た。

「ほんまエエとこやんか！」

池畑が米国入りして一ヶ月後、真由美がシャーロットにやって来た。

二人の住まいは中産階級向けのタウンハウス、二階建てで長屋のようになっている共同住宅だ。家具はレンタルだが、メールで写真を送って真由美の好みを外さないようにして揃えられている。

「ほんで？　どうよ？　仕事は？」

池畑は最低限の仕事は支障なく進んでいると言った。

永福のシャーロットオフィスとKノズル製作所の米国拠点は同じビルの中に設立させ、Kノズルから来た人も始動していた。

「暫くはそのKノズルのお手伝いだよ」

真由美はそうかと頷いた。

「とにかく、あんたが仕事に頑張れるように、私は自分のことは自分で出来るように早よするわ。そやからあんたは仕事のことだけ考えて。私は私でシャーロットで楽しうあんたと生活出来るようにするから」

その言葉が池畑には有難かった。

「ナイスショット！」

目の前に広がるフェアウエーを真っ直ぐに白球が飛んでいく。

四百五十ヤード、パーフォーのホールだ。

「上手くなったなぁ！」

池畑が言うと真由美が笑った。

「ゴルフはシャーロットでの生活の必需品やからな。回数を重ねたらそうなるわ」

池畑がアメリカに赴任して半年、真由美が来てから五ヶ月が経った。

年金生活者の憧れの街であるシャーロット、池畑たちが住むタウンハウスからクルマで三十分以内のところにゴルフコースが五ヶ所ある。日本に比べグリーンフィーも安い。住人にとってゴルフは生活の一部となっている。

「今のは俺よりも飛んでるなぁ……」

池畑は日本にいた時からゴルフはやっていたが、最近ではアメリカに来てから始めた真由美の方が上手くなっている。

「真由美の球は真っ直ぐ飛ぶなぁ」

池畑が感心して言うと、

「性格通りちゅうこっちゃ」

と笑っている。

アメリカでの駐在生活、それは絵に描いたような豊かで穏やかなものになっていた。だがそんな生活とは裏腹に、池畑の心の裡は冴えない。全く先が見えないのだ。

半年で最低限与えられた仕事は全て支障なくこなした。しかし、本来的なミッション、シャーロットという米国有数の繊維センターで、永福が繊維機械を販売するという大事な仕事は取り掛かりさえ見えてこない。

予想以上に加藤忠や丸藍の独占は強い。そしてその二社はカルテルを結んでいるかのように見事に取引先を棲み分け、ガッチリとそれぞれの商圏を守っていて、つけいる隙がない。

時代の流れも悪かった。綿花地帯をバックに繊維産業が盛んだったこの地域も価格競争から海外移転が急ピッチで始まっているのだ。

「循環的にも構造的にも永福が入り込む余地はない」

そう結論付けることは出来る。

「だが、それでは嫌だ」

まだ半年で自分のミッションを全否定するわけにはいかない。

「なにボーっとしてんの？　早よ打ちゃ」

真由美に言われて池畑は我に返った。

十メートルほど真由美にオーバードライブされている自分が、今の己の姿だなと自嘲気味に笑いながら、セカンドショットを五番アイアンで打った。

「あ〜ッ！」

真由美が声をあげた。

見事にバンカーにつかまった。

真由美はセカンドショットも真っ直ぐに飛んで、左ドッグレッグの曲がり端の良い位置だ。

「なんだか今の俺と真由美を象徴してるな」

池畑は聞こえないようにそうつぶやいた。

真由美はシャーロットの日本人コミュニティーで人気者になっていた。

「おもろい大阪のおばちゃんやってるからな」

海外の狭い社会では同胞の集まりは極めて重要だ。

「僅かな期間で周りの人たちのハーツ＆マインドを摑んでいる。俺より真由美の方が商社マンに向いてるんじゃないか？」

自嘲気味にそう言った時、真由美が叫んだ。

「危ないッ‼」

池畑は驚き、身をすくめた。

隣のホールからボールが飛んで来たのだ。

暫くして声が聞こえた。

「すまない！　こんなところに飛ぶとは……」

そう言って老人が近づいて来た。

「あれッ？　サムさんやんか！」

真由美が声をあげた。

「Ｏｈ！　マユミ！」

老人はそう言って真由美に近づくとハグしている。

池畑は訳が分からない。

それが池畑とサムことサミュエル・マクニールとの出会いだった。

◇

サミュエル・マクニールはベスレヘム・スチールの営業担当として取締役まで務めた人物だ。

米国を代表する製鉄会社であったが、自社製品の需要への過信と技術革新を怠ったことで日本や韓国、そしてその後は中国の鉄鋼産業によって業界から駆逐されていく形になった。

「重厚長大な鉄鋼製品には絶対的な自信があった。だがそれが時代遅れだと気がつくのが遅すぎた」

五〇年代にダムや長橋梁などの巨大なインフラを整備したアメリカという国が変質していったこと。超高層ビル建設も工法が変わり、軽い建設資材に置き換わったことで需要が激減していったのだ。

偉大なアメリカを創って来た自社製品への誇りから、時代遅れであることを認められなかったことへの忸怩たる思いが営業担当だったサムにはある。

その後、サムは人当たりの良さと実直さを買われて正反対の仕事を与えられる。

「俺の後半生はリストラの日々だった」

九〇年代に行われた工場閉鎖では幹部労働者たちの説得担当となった。サムは懸命に真面目に働く工場労働者にとってのベストを目指して頑張った。だがそれでもリストラされる側からは敵と見なされる。

「お偉いさんに仲間を売れと言うのか！　そんな奴は殺してやる！」

ライフルでそう脅されたこともある。それでも愚直なまでに頑張った。

頑張った結果として、工場はなくなり人はいなくなる。リストラ担当が背負う嫌な宿命から逃げることは出来ない。

「俺は働く者のためにベストを尽くす」

会社と労働者との板挟みの中、双方から疑心暗鬼の目で見られることは強烈なストレスだった。それでもサムは頑張った。

頑張ったが……ベスレヘム・スチールは倒産した。その時の徒労感はサムにしか分からない、途轍もなく深いものだった。

ビジネスとは冷徹なものだ。その冷徹さがサムに目をつける。

サムはその後リストラの腕を買われて、様々な企業のリストラ担当者として高給で雇われていく。敬虔(けいけん)なカソリックのサムは思った。

「俺は魂を悪魔に売り渡した」

本当はそんな仕事に就きたくなかったが、妻が難病を患い高額の治療費の捻出の為(ため)にやらざるを得なかった。子供のいないサムにとって、妻はたった一人の家族であり、最愛の存在だった。

そこからサムはプロのリストラ請負人となった。

――死刑執行人――

それがサムの通り名だ。その名の通りサムは冷徹に仕事をこなし続けた。

「次に会った時には殺してやる！」

「人の皮を被った悪魔！」

そんな罵声は日常茶飯事だった。それでも妻の為に懸命に仕事に打ち込んだ。

「あんたには人間の血が流れているのか？」

ベスレヘムの時とは違い、雇われた会社側の求めることだけを考え、カネの為だけにリストラを敢行していった。

上手くやればやるほどサムの値打ちは上がり、更に高給での仕事がやってくる。アメリカの古い産業はリストラの嵐だったのだ。

だが、すっぱりサムは仕事を辞める。妻が治療の甲斐なく亡くなったからだ。サムは放心し抜け殻のようになった。

「神は私を許さなかった」

悪魔に魂を売ったと思っていたが、悪魔は妻を助けてくれなかった。

妻の葬儀の後、サムは酒に浸る毎日を過ごすようになる。

何もかもが意味のないものに思えた。

妻を救えなかった自分自身への恨みが、多くの人間の自分への恨みと重なっていくことの苦しみ……それは地獄だった。

サムはこれまでの人生を恨んだ。こんな自分にしたビジネスを恨んだ。

自分に対する大勢の者たちの恨み、リストラされた労働者たちの恨みを思う度にバーボンの瓶が空いていく。

「俺はなにをやって来たんだ！」

根が実直で他人思いのサムは、あらゆることを後悔した。妻の病気があったとはいえ、カネの為に他人を思いやるという一番大事な心を、魂を売ったことが何よりサムを苦しめた。

そんな時だった。一人の男がサムを訪ねてきた。

「あいつは悪魔だったのか？　天使だったのか？」

その日本人はどこでどう調べてきたのかサムを見つけて言った。

「あなたにお会いしたかったのです」

そうして年月が流れた。七十歳を超えたのを機に温暖な気候のシャーロットに移り住んだのが、二週間前のことだった。年金生活の独り暮らし、郊外のタウンハウスに入居した。住んで間もなくウォルマートで買い物をしてステーションワゴンで家に戻った時だ。大量の買い物袋を両手に提げたサムを見て東洋人女性が声を掛けて来た。

「お持ちしますよ」

タウンハウスには自分と同じような中流米国人ばかりが暮らしていると思っていたから驚いた。女性はサムを手伝いながら自己紹介し家族について話した。

「夫は日本のトレーディング・カンパニー、NF（永福商事）に勤めています」

その言葉に驚きながらも、笑顔の良い素敵な女性だとサムは好感を持った。

それが真由美だったのだ。サムは真由美の言葉から運命的なものを感じていた。

「NF……またその名を聞くとは」


「そうですか……、ベスレヘム・スチールにお勤めだったんですか」

ゴルフコース近くのダイナーで池畑と真由美はサムとコーヒーを飲んでいた。

いかにもアメリカの実直なビジネスマンらしい風貌（ふうぼう）だなと、サムを見て池畑は思った。

真っ直ぐな視線と痩（や）せた身体（からだ）つき、頭の回転の良さとアイルランド系の赤い髪……どこまでも良きアメリカ人だ。

「ベスレヘムではどんなお仕事を？」

一瞬サムの顔が曇ったような気がしたが、直ぐに笑顔で「営業だった」と答えた。

セールスという言葉で池畑は親近感を持った。

「私はアメリカに来て半年、日本のメーカーの繊維機械を販売しています」

そう言うとサムは大きく頷いた。

「シャーロットは繊維産業の拠点だ。海外企業に押されているが、まだまだ繊維産業の中核都市だからな。君も仕事のし甲斐があるだろう？」

サムの言葉に池畑はなんとも言えない顔つきになった。

「実はNFはこの地では最後発でして……加藤忠と丸藍の先行組の寡占状態です」

たった一人で無謀な戦いを挑んでいるのだと自嘲気味に語っていく。

「この地に来て半年になりますが……全くもってつけ入る隙がありません」

正直にそう言う池畑にサムは好感を持った。

「で？　もう諦めているのかね？」

そうサムが言うと池畑は首を振った。

「いえ、まだ半年です。与えられている期間は五年。まだ時間はあります」

そういう池畑にサムは少し考え込んだが、ただ「頑張ってくれ」とだけ言った。

その後、池畑と真由美は月に一度はサムとゴルフを楽しむようになった。

しばらくして、自宅にサムを招いて夕飯を振舞った。

真由美は食堂の娘だけあって料理は手際が良く上手い。そして手に入る材料で美味しいものを作ることを心掛けている。

サムを招いた時にはスペアリブを出した。

「これは！　正真正銘のアメリカの味だな！」

かぶりついてサムがそう声をあげた。バドワイザーを飲みながら真由美の料理を食べていると、池畑も厨房で何やら作っている。

そうして出て来た不思議な食べ物に驚いた。

「ジャパニーズ・ピザです。お好み焼きといいます。これは真由美のソウルフードなんですよ」

そう言って出されたものがまた旨い。

「色んな野菜が入っているんだな。それにスライスしたポークかい？」

真由美はレシピを池畑に教えたら、自分より上手に作れるようになったのだと説明した。カツオの削り節や青のり、日本のウスターソースは大阪の真由美の実家から送られて来たものだ。

「ソースやスパイスは本場のものでないと、大阪の味が出ません」

サムは最初は奇妙な味だと思ったが、だんだんはまっていく自分を感じた。

「マユミ、今度このジャパニーズ・ピザのレシピを私にも教えてくれ」

お安い御用ですと真由美は笑った。

そうして食事を通して池畑はサムとさらに親密になっていった。食後、バーボンを呑んでいた時だった。

「大樹、君に話しておかなければいけないことがある」

サムが真剣な表情でそう言った。

「実は私がＮＦ（永福商事）の人間と会ったのは君が初めてではない」

エッと池畑は驚いた。

「私は悪魔に魂を売って仕事をしてきた。だが神はそれを許さなかった」

そうしてサムは全てを語っていった。

「妻を亡くしどん底まで落ちた時、その男は現れた。悪魔か天使か今も分からんが……その男に私は救われた。男はカミカゼといった」

池畑は瞠目(どうもく)した。

第四章　死刑執行人

青山仁は、自分がどんどん商社マンとして育っていくのを自覚した。

肥料部に移って二年、入社して五年が経ち、ある意味で総合商社の裏も表も知るようになっていた。

「儲けはこうやって出来ている」

モノを動かして得られる純粋な口銭だけでは大した儲けにならないが、〝仕組み〟の中に国が絡むと儲けは大きくなる。

第二KRによる利益捻出の仕組みからそれを知った。そこには〝利益〟を意識する者としない者の〝差異〟があることが大きい。

書類上で要件さえ揃えば予算を執行する役人たちには、〝利益〟という意識は全くない。そのカネが要件通りに出ていけばそれで仕事は終わる。莫大なカネがそんな形でこの国で動いている。そこに目をつけたのが総合商社だったのだ。

「いかに国の予算というカネに食い込むか。それがどれほど莫大な利益を生むか」

戦後の商社の隆盛は、利益の核に国家予算というカネの存在があったことが途轍もなく大きいのだ。

帝都商事、日章物産という財閥系二大商社は政治家からいち早く情報を得て〝商売〟し、その見返りに〝献金〟をするギブ＆テイクの構造が明治の時代から出来ている。

永福にも嘗ての富永交易から受け継ぐ同様の構図があり、その一つは仁が知った第二KRを使っての肥料輸出だ。そして今の自分の仕事はそれに絡んでのものだ。

だが、仁はずっとそれを良しと思えない。

「なんか嫌な感じが拭えない」

自分たちがそんなもので大きな利益を挙げていることで胸を張ることは出来ない。現に第二KRの利益のからくりは極秘扱いとされている。

「悟に自慢できることじゃない」

息子の悟は来年小学校に入学する。悟にお父さんの会社はそんなことで儲けているなど決して言えない。

仁は純粋なビジネスマンとして息子に誇れる仕事がしたいと思っていた。死ぬような目に遭って頑張った仕事は息子には自慢できる。

「穀物部の時、イリノイで死にかけたけど、あれは悟が大きくなったら話せるなぁ」

ジャック・ビンセントを、そしてジャックが口にしたカミカゼ、ミスター永福と呼ばれる男の話も、同時に思い出す。

「一体、誰なんだろう？」

その話は社内でタブーとされている。だが、不思議なことにその神話が永福で働く者たちの中で、チャレンジへのエネルギーとして生きていることが分かってきた。

「カミカゼ、ミスター永福……」

そう呟くと何故だか不思議と力が湧いてくる。仁はその度に首を捻る。

「不思議だよなぁ」

そんな仁に、転機が訪れた。

「昔なぁ、わしが担当者の時代、永福が肥料メーカーになろうとしたことがあったんや」

専務の高井が仁を呼び出して言った。仁も部の歴史から知っている。

「タイにその残骸のような会社がありますね。七〇年代にごく少額だけ永福が出資した肥料メーカーが……」

仁がそう返すと高井が頷いた。

「そうや。時代が早すぎたんやが、そろそろ我々も右から左へモノを動かしての口銭稼ぎから脱却せんといかん。本格的に我々がモノづくりをやる。メーカーになるちゅうことが必要やと思うんや」

仁もそれには同意した。

「第二KRも弾切れで口銭も細る一方ですから、専務のお考えの通りだと思います」

「今度こそタイやフィリピンで肥料メーカーをやろうと思う。どや？　青山君、バンコクへ行ってくれるか？」

それは高井からの赴任の話だった。

「バンコク定住やない。先ずはバンコクでうちがメーカーとしてやれるかどうかの判断を君に託したいんや。バンコク、その次はフィリピンや。それで行けるとなったら北米や南米でもやって貰う。どや？　やる気はあるか？」

仁は二つ返事だった。

「やります。カミカゼボーイになってやります」

高井はニヤリとした。

「その言葉、ミスター永福が聞いたら喜ばはるで！　よっしゃ！　ほな部長にはわしが話をつけとくから頼んだで！」

仁が一緒に海外赴任する気持ちがあるかと妻の美雪に訊ねると、一蹴された。

「私が仕事辞めるわけないでしょう！」

「何度も言うけど……あんたはどうやっても部長止まりでしょ？　私は頑張れば校長になれるんだからね！」

そう主張して中学校教師を続ける美雪だが、ひょっとしたら心変わりするかもしれないと仁は訊いてみたのだ。

「ずっと一人は嫌だ」

心の底にその思いがある。息子の悟は可愛いし、親子三人の幸福と呼べるものを忙しい毎日の中でも獲得してきたと仁は思っている。

「三人の生活が無くなるほうが良いのかい？」

仁は美雪に訊ねた。

「そういう質問をしないで！　仕事と家族を天秤に掛けないで！　私にとって教師の仕事は実存なの」

出たよと仁は思った。

「でもさ。親子三人の生活も実存だろ？　その実存を守る為に、教師の仕事という実存を諦めるという考えもあるんじゃないの？」

美雪は笑った。

「タイやフィリピンに一生いるつもりなの？」

仁は首を振った。

「永福の赴任タームを考えると、長くて五年ということだね」

美雪はその五年と私の仕事を奪うことを比べてみろと迫った。

仁は言葉に詰まった。だがそこで美雪が優しい表情になった。

「私も淋しいよ。暫く三人の生活が無くなるのは。でも五年なんて一生の中では短いよ。あっという間だよ。それよりもそれぞれが大事なものをちゃんと守って生きていくほうがいい。絶対に後悔しないほうがいいよ」

仁は何も言わない。

「私には仁も悟も大事、でも私が私であっての仁や悟なの。分かる？」

仁は分かっているようないないような……そんな顔つきになった。

「教師の仕事を全うしていく私が実存としてある。その私が仁や悟と向き合っていく。生きていく。愛し合っていく。仁にはそういう私を常に見て貰いたいし、悟にはそういう母親の姿を見せ続けたい。そういう私を愛して欲しい。家族の一時の状況のために大事なものを失ったら全てを失ってしまう。私はそう思うの」

美雪は静かに、しかし力強くそう言い切った。

「淋しいんだよ……」

仁は本音を言った。

「ずっと一人で生活する自分を思うと、淋しさが恐いんだ。今の自分は三人で一つになってるんだ。嫌な仕事も三人で一つと思って頑張ってきた。でもそれが一人になると思うと……」

仁は泣きそうな顔をしている。

そんなことを言う仁を美雪は初めて見た。困ったような顔をしながらもどこか飄々とし、嫌なこと辛いことは上手く受け流してしまう仁とは違う仁がそこにいる。

「……」

美雪は何も言わないでその仁を見つめていた。

「タイでの仕事は嫌な仕事なの？」

仁は首を振った。

「いや、やりがいのある仕事だよ。会社の将来にも関わる大事な仕事だ」

仕事が嫌で甘えているのではないと分かって、美雪は余計に仁が淋しいと言うのが心に響いた。

一瞬、一緒に行ってやろうかとも心によぎったが、堪えた。

（ここまでやって来たのは二人がちゃんと自分を持っていたからだ。何かの犠牲になるんじゃなくて、自分を大事にしてきたからちゃんとやってこれたんだ）

仁は子育ても懸命に努力して参加してくれた。新しい日本の家族の実存を自分たちが創っていると美雪は思って来た。

（それがここで終わるのは……良くない）

美雪は言った。

「仁が淋しいと言うのは分かるよ。私も淋しいし、悟も凄く淋しがると思う。でも、でも長い目で私たち家族のことを考えようよ。それぞれがそれぞれである為に大事なものは守っていく。それでこそ三人が一緒になった時に一人では作れない大きな幸せが作れる。そう思って頑張ろうよ」

仁はそれを聞いて訊ねた。

「その幸せが実存なのかい？」

美雪は首を振った。

「幸せは幸せ。理屈じゃない。私は仁を好きだし愛している。だから私はそんな私でいたい。そんな私でいさせて欲しい」

仁は頷いた。

「分かった。一人で頑張ってみるよ。だけど美雪と悟のことが俺の一番大事なものだということは分かっておいてくれよ」

美雪は深く深く頷いた。

仁は一皮むけた表情をしている。その仁を美雪はじっと見つめた。

(この人、きっとここから本物の商社マンになる)

美雪は心の中で呟いた。

◇

バンコク中心部にあるタイ永福のオフィスで、青山仁はその会社の資料を見ていた。

タイに着任して一週間、ずっと同じ作業をしている。

サイタイ・ブラザーズ。七〇年代に永福が十五パーセント出資して創った肥料メーカーだ。

(だけど永福はこの会社独自の成長や収益は全く考えていない……)

永福は原料を日本から輸出して儲けることだけで、サイタイの利益など一顧だにしてこなかったことが分かる。

(サイタイもサイタイ……真剣に業績の拡大を考えてきたとは思えないな)

やる気があればタイ国内だけでなく、東南アジアの他の国へも輸出が可能だった筈なのに、売上はずっと横ばいだ。

「東南アジア地域の経済発展で農産品の需要は増えている。それなのにこれは経営の怠慢としか言えないな」

仁は書類を揃えて社長に会いに出かけることにした。

「NF(永福商事)の新しい担当者か? 原料代を安くしてくれると言いに来たのか?」

社長はのっけからそう言って笑った。

仁も笑い返した。ぬいぐるみのような体形と愛くるしい顔立ちの笑顔は悪くない。

「安くしますよ」

その瞬間、社長は身を乗り出した。

「仕入れを倍にしてくれたら安くします」

そう言うとどっかと椅子に座り直した。

「何を言うかと思ったら……」

社長は二代目で、自分から何か動こうというタイプでないことは仁に直ぐ分かった。

(こういう男は焦らせないと駄目なんだろうな)

仁は笑顔を浮かべながらそう思っていた。

「どうです? 売上を倍にしませんか? そうすればうちが入れている原料費はディスカウントしますから、利益は大きくなる。社長の実入りもどんと増えますよ」

社長はふぅんという顔つきをした。

仁はこれを見て下さいと書類を渡した。

そこにはタイを含め近隣国の農産物の収穫高の過去十年にわたる推移が載せられている。

「どこの国も過去十年で大きく伸ばしています。それに御社の売上のグラフを重ねるとどうなるか?」

と言ってもう一枚の表を見せた。

一瞥(いちべつ)すると社長はそれを丸めてゴミ箱に捨てた。

「うちはうちの商売のやり方がある。堅くやるのがうちの流儀だ」

仁は表情を厳しいものに変えた。

(経営努力をしないだけのくせに……)

そう思いながら仁は工場を見せて欲しいと言った。

「じゃあ、案内する」

社長の後ろについて仁はオフィスを出た。

オフィスに隣接する工場に入って仁は先ず思った。

(汚いな。掃除が行き届いていない。それに整理整頓もされていない)

工場内で働く労働者たちもダラダラしていて緊張感がない。

(一事が万事、この会社の全てがこれで分かるな)

仁はこの会社の立て直しを永福から命じられている。

(全て一からやり直しにさせないといけないが、逆にその方がやり易(やす)いかもしれない)

仁は状況や環境をポジティブに考える癖を自分につけようとしていた。そうでないと物事は前に進まない。

工場を一通り見て回った後、仁は社長におもむろに切り出した。

「永福は株主として配当を倍にして貰おうと思っています。次の決算からお願いします」

社長は鳩が豆鉄砲を食ったような顔になった。

「ば、馬鹿なことを言うな！　そんなこと出来る筈ないだろ‼」

そう怒鳴った。

少し時間を置いて頭を冷やしてから、社長は冷たい目をして言った。

「たった十五パーセントの出資しかない永福が要求しても無駄なことだ。株の半数超はうちのファミリーで押さえているんだからな」

サイタイの株の五十五パーセントは社長と伯父家族の名義になっている。社長の言うことは正しい。

仁はある知恵を東京本社の高井専務から付けられていたが、そのことは隠して社長に告げた。

「一週間後、経営改善プランを私に示して下さい。その内容次第では永福は動きます。社長にとって良い方に動くかそうでないか？　それは社長から出されるプラン次第です」

社長は浅黒い顔を真っ赤にして怒った。

「永福がなんだッ‼　少数株主のくせに何を偉そうに言う‼」

その社長に仁は背を向けて「では一週間後にまたお目にかかります」と言いながら出て

行った。

「永福にとって革命的なことをやる一歩だ。早ければ早いほど良い」

「デット・エクイティ・コンバージョン？」

バンコクに発つ前に専務の高井はその言葉を仁に告げていた。

「そや。デット・エクイティ・スワップとも言うが、ある意味、禁じ手の一つや。こっちが本気でやる時に使う奥の手になる。それを永福がやる。本気で古い商社からの脱却にするんや」

仁はそれはどういうものですかと訊ねた。

「バンコクのサイタイ・ブラザーズには、永福が肥料原料の購入資金として貸し付けているカネがあるな？」

仁は資料を見ながらありますねと答えた。

「日本円で約十億の貸付やろ。ある時払いの催促なしちゅうことで永福からの原料購入資金で貸してるが、三分の一はサイタイのファミリーが懐に入れとる」

エッと仁は驚いて訊ねた。

「工作金なんですか？」

高井はハハハと笑った。

「政府関係者とかやったらそうなるが、一種の鼻薬や。こっちが商売をやり易いように嗅(か)がしたカネちゅうこっちゃ」

「そのことをサイタイの経営陣は分かっているわけですね？」

仁は首を捻った。

高井はどうかなと言う。

「今の二代目は分かっとらんやろな。先代の親父(おやじ)はもう死んでるし、大株主の先代の兄貴はまったく経営にタッチしとらんからな」

「それで？　デット・エクイティ・コンバージョンってどうやるんですか？」

高井は冷たい目をして言った。

「その貸付を回収するんや」

仁はまだ意味が分からない。

「そんなことを突然言ったら、サイタイは約束が違うと怒るんじゃないですか？」

高井はさらに冷たい表情になった。

「約束なんかしとらんやんか。勝手に恒常的借入、実質的な資本金と思とるだけや。それを返して貰うんや」

仁はサイタイの財務諸表を改めて見た。

「どこにも返せるカネはないですね」

高井は頷いた。

「ない袖は振れまへん、ちゅうことになるわな?」

仁はそうですねと言った。

「そやけどそれを振らせるんや」

どうやるんですか、と仁が言いかけたところで分かった。

「あッ?! 貸付金を資本金に換える。エクイティにコンバートする。デット・エクイティ・コンバージョン!」

そういうこっちゃと高井は高らかに笑って頷いた。


仁が背中を向けてサイタイ・ブラザーズから出て行ってから一週間が経った。

社長は『経営改善プラン』というタイトルのペーパーを用意していた。

仁はそれを十秒ほど見てから言った。

「これで売上は倍になると思います?」

社長はブスっとした表情で黙っている。

そこにはお飾り程度の営業の拡大方針が書かれているだけで、抜本的なものは何ひとつなかった。

「我々は本気なんですよ。売上を倍にして利益を遥かに増やして配当もしっかりと払って貰う。永福はそう決めているんです。それで私はバンコクに来てるんです」

社長は黙ったままだ。

仁は冷たい目をして言った。

「このペーパーは話になりません。ここで申し上げます。サイタイへの永福の貸付金、今月末までに全額返済願います」

社長の顔色が変わった。

「なッ、何て言った？」

仁は無表情で繰り返した。

「永福からの貸付金、全額返してくれと言ってるんですよ」

社長は首を振りながらクレイジー・ジャパニーズと呟いた。

「そんなカネはないッ‼　そんなこと分かっているだろう？」

仁は頷いた。

「返せないならしょうがないですね。サイタイ・ファミリーが経営拡大に協力して下さるなら、デット・エクイティ・コンバージョンに応じます。当社が全株を取得します。社長は永福に協力するしかないと思いますが？」

社長はただ唖然(あぜん)としていた。

◇

死刑執行人――嘗てそう呼ばれる仕事を生業にして来た自分の過去について、サミュエル・マクニールは池畑大樹に全て語った。リストラ請負人として、労働者たちを馘首する仕事を会社側の依頼で行ったことを……。

「そんなお仕事をされてきてたんですか！」

池畑は驚いた。

しかし、それは難病に侵された妻の高額な治療費の為に、やむを得ずやっていたことだ。しかし、妻は治療の甲斐なく亡くなり、敬虔なカソリックのサムは自分が悪魔に魂を売った罰だとして仕事を辞めた後、自分を責め続け酒浸りになっていった。

「私がＮＦ（永福商事）の人間と会ったのは君が初めてではない」

シャーロットの自宅タウンハウスで夕食を振舞った時、池畑は突然サムからそう言われて驚いた。

廃人同然となっていたサムを訪ねて来たのが、ある日本人だったという。

「あの男が悪魔だったか、天使だったか、それは今も分からんが……あの男によって私は救われた」

池畑はサムがそれまで見せたことのない厳しい表情をするのを見ながら聞いていた。

「十数年前になる。私が地獄落ちを己の運命と覚悟して自殺を考えるまでになっていた時のことだ。私に会いたいと言ってその男は現れた」

池畑は訊ねた。

「それがＮＦの人間だったんですね？」

サムは頷いた。

「その男は言った。『あなたのなさって来たことを全て私に聞かせて頂けませんか？』と。私は何をその男が言っているのか分からなかった」

サムはその男を目の前にしているような緊張の表情をした。

「男はなんとも凄みのある奴だった。長身だが痩せていて、クロサワ映画のサムライを思わせる雰囲気を持っていた。男はその日、名刺を置いて帰って行った。冗談のような名刺だったがね」

サムは笑った。

池畑は怪訝な顔つきで訊ねた。

「冗談のような名刺？　それがＮＦの名刺だったんですか？」

サムは頷いた。

「私もビジネス経験は豊富だからＮＦのことは知っていた。だが何故、日本のトレーディング・カンパニーの人間が〝終わった男〟に会いに来たのかが分からなかった」

池畑はサムの話に引き込まれた。

「次に男が会いに来た時に俺は男に訊ねたよ。何故俺のような男の話を聞きたいのかと……」

サムは再び先ほど見せた緊張の表情になった。

「男は言った。『あなたは古いアメリカを熟知している。そしてその古いアメリカを殺して回っていった。私はアメリカの本質を知りたい。それにはまず古い、殺されたアメリカから知りたい。だからあなたの話が聞きたいのだ』と」

池畑はゴクリと唾を飲み込んだ。

「俺は恐ろしい男だと思ったよ。何のためにアメリカを知りたいのかと訊ねると男は言った。『永福はアメリカでのビジネスを根本から変える。私がその責任者となった。その為にアメリカの、アメリカのビジネスの本質を知りたいのだ』と……」

池畑は驚いた。

「そんな人物が永福にいたとは⁉　それで、あなたはその男に話したんですか？」

サムは頷いた。

「全て話した。その男は『ファウスト』のメフィストフェレスのようだった。こちらの心の扉を開くと、中にあるものを全て運び出していく。そんな風に感じた」

池畑はじっとサムの話を聞いた。

「すると私の心がどんどん軽くなっていった。初めて自分が誰かに心を開いた時のように、真の懺悔をしたかのように感じた。それほどあの男は話を引き出すのが巧みで……私が忘れてしまっていたことまで詳細に記憶を掘り出すように聞き出していった」

サムは今も信じられないという風だ。

「三日三晩、男と膝を突き合わせて話した。その過程でこの国の、アメリカの過去・現在・未来が浮き上がり、この国の人間たち、資本家、経営者、銀行、ホワイトカラー、ブルーカラー、そしてその家族たちのあり方が群像劇のように炙り出された。自分の口が自分のものとは違う、全く別のオーガン（器官）のようになって勝手に喋り出していった」

そうして全てを喋り終えた時、サムは自分の魂が浄化されたように感じたという。

「男が礼を言って去った翌日、信じられない金額の小切手が送られてきた。私がそれまでに稼いできた金額に匹敵するような額だった。それを見た時に俺は、あの男はこの世の存在ではないと思った」

池畑は信じられない気持ちでそのサムを見ていた。

「男の名刺をお持ちですか？」

そう訊ねるとサムはウォレットの中からボロボロになった名刺を取り出して、池畑に手渡した。

「こんな部署など聞いたことがないぞ！」

“Naga-Fuku Corporation　Winds of God Division”

まさに冗談のような名称だ。

「永福商事　神風班」

そしてそこにはその男の名前が肩書と共にあった。

“Division Head　Kamikaze Kurusu”

「班長　来栖(くるす)神風(かみかぜ)」

そんな名前の男が実在するとは思えない。池畑はその名刺を見ながら考え込んだ。

サムは池畑に尋ねた。

「来栖は今も永福にいるのか？」

神風という名前に衝撃を受けて苗字(みようじ)をきちんと見ていなかった。

「……来栖？　来栖？　まさか‼」

池畑はアメリカでの仕事のあり方を変えようと決めた。

サムから様々にアドバイスを貰い、どのようにアメリカ企業に食い込めば良いかを練っていった。難しいというのは分かってはいたが、同じメーカーの繊維機械を既に加藤忠や丸藍が扱っていて、それを永福が奪うということはやはり容易ではないということだ。

「何か全く新しい製品を永福が独占的に扱えるとかはないのか？」

可能性がまるでない。

「それでこのシャーロットでビジネスを作るというのは不可能だ。繊維機械以外で君が扱えるものはあるのか？」

全くないと池畑は正直に言った。

サムは考え込んだ。そんなサムを見ていると、池畑は本当にアメリカ人とはなんと素晴らしい人たちだと思う。

クルマで走っていて道に迷えば直ぐに大勢が集まって来て一緒になって目的地を探してくれるし、タウンハウスの中でも色んな人が「大丈夫か？　困ったことはないか？」と真由美や池畑に声を掛けてくれる。

「やはり余裕があるのかなぁ？」

アメリカという国の余裕、それが人々の心の余裕になっているように思える。

「でも……この余裕がなくなったら……この国は変わるだろうな」

そんな風に思うこともある。しかし、今はサムが本当に親身に池畑のことを考えて頭を捻ってくれている。

「なぁ大樹、発想を変えてみないか？」

どういう風にですか、と池畑は訊ねた。

「本来的には日本の繊維機械をシャーロットで売ることが目的だろうが、ビジネスはそれだけではないということだ。逆もまた真なり。それを考えたらどうだ?」

「エッ?」

そうしてサムはある会社を紹介してくれた。それはアメリカの繊維機械メーカーだ。古くからの仕様で厚い生地を作る機械を作っていて、日本のメーカーはその仕様での生地は作れない。

調べていくうちにそれが昔ながらのデニム生地製造に向いていることが分かった。

「これを日本のジーンズメーカーに売れば、復刻版として高級品が作れるぞ!」

池畑は日本に出張し、生地のサンプルを持って岡山のジーンズ工場を片っ端から回っていった。

すると一社が一台購入してくれた。

「やったッ!」

だが後が続かない。何度も日本とアメリカを往復し、東南アジアへも足を延ばしその機械を売り歩いたが、販売は伸びず累計台数が二桁になることはなかった。

本社からは「シャーロット攻略という本来の目的を忘れないように」と釘を刺された。

アメリカに来て四年が経った。池畑は決断を迫られた。

その時、またサムがアドバイスをくれた。

「大樹、出来ないものは出来ないと言う勇気もビジネスでは大事だ。それは誠実に繋がる。誠実であれば必ず次に繋がる。君は懸命に努力したんだ。その姿は誠実であると会社は認めるよ」

そう言われ池畑は、涙を流した。

そうして本社に白旗を挙げる報告をした。

白旗を挙げて、三ヶ月後、池畑大樹は東京本社に異動になった。経営企画部、数年前に新設された部だ。

部長は着任した池畑にハッパをかけた。

「永福の将来がこの部に掛かっている」

「永福というか、商社の将来がこの部に掛かっていると言った方がいいだろうな」

部長は東帝大法学部の先輩であり、社長候補のひとりとされている人物だ。

部長だけではなく経営企画部に所属する人材を見回すと、皆それぞれの期の出世頭ばかりだ。

防衛省への次期防衛システム機器の売り込みを成功させたチームの中核メンバー、帝都商事と日章物産による中国からのレアメタル輸入独占を崩し、モリブデンを永福が扱えるようにした男、そして永福の営業支援システムを全商社中でも最高レベルのものにしたプログラムエンジニアの女性など……。

そんな中でアメリカでのビジネス展開に敗れ白旗を揚げて戻って来た自分が、何故こんな部に配属になったのか池畑には不思議だった。

その疑問を部長にぶつけたところ、

「君は〝不可能の地〟に送られた。加藤忠と丸藍がタッグを組んでその地を守っていた。敵失のチャンスすらも無いシャーロットで、懸命にフィールドを走り回った。そして小さいながらも繊維機械という君の武器で商売を作った。そしてここからが肝心だが、君は『シャーロットで永福のビジネスは不可能だ』とする報告書を提出した。それがこの部に君を抜擢した理由だ」

部長の答えに池畑は怪訝な顔つきになった。

「どうしてなんですか？　白旗を揚げただけですよ？」

部長は頷いた。

「難しい仕事を難しいとこぼしたり、こんなのは無理ですと訴えてくる奴はいくらでもいる。だが、ちゃんと報告書に纏めて正式な形で撤退を求めて来た人間は永福の歴史の中で誰もいない。己の負けや失敗を公式記録として残すことをしたくないからだ。そんなことは百害あって一利なしだと誰もが思っている。だが君は違った。私はこの男は真の意味でエリートだと思った」

エッと池畑は声を出した。久しぶりに聞いた〝エリート〟という言葉だった。

「本当のエリートは矜持を持っている。負けた時も潔く裃をつけて腹を切る」

その言葉に池畑は心を揺さぶられた。

「経営企画部は真のエリートで構成したい。何故なら永福の創造と破壊、様々に要求される判断を一人で行わなくてはならない部だからだ」

部のメンバーそれぞれが船長であることを要求されるのだと部長は言った。

「君は『スター・トレック』を知っているか？」

池畑はテレビも映画も観たことがありますと答えた。

「あの中に出て来る士官試験で『コバヤシマル』という課題がある」

コバヤシマル（小林丸）という名の宇宙船がＳＯＳを発信していて、その救助に向かうという設定に試験はなっている。

「しかし、それは敵の罠で救助に向かう自分が艦長である宇宙船は、絶体絶命の状況に置かれるんだ」

池畑は想像してみた。

「その状況から脱出するというのが課題なんですね？」

部長は首を振った。

「受験者はそう思う。知る限りのオプションを使って危機を脱出しようとする。しかし、それはどんなことをしても不可能なように設定されている」

池畑は驚いた。

「では何故、そんな設定で試験が行われるんですか？」

部長は頷いた。

「艦長は乗員を全て脱出させ、自分だけが船に残り自爆するのが正解なんだ」

アッと池畑は思った。

それは自分がシャーロットで白旗を掲げたのと本質は同じだと合点がいったのだ。

「そう。君が撤退の正式の報告書を書いたのが求められていた答えだったんだ。それで君はこの部への選抜に合格した」

池畑は永福という組織に対して襟を正すような気持ちになった。

そこから部長は部について説明を始めた。

「この部の役割は大きく三つだ。一つはポートフォリオとして永福のビジネスを俯瞰して見ること。次に未来の需要を先取りして示すこと。よく会社の将来像などという言葉が使われるがそれでは具体的なものは摑めない。ここでは明確に十年後に永福の収益の柱になるものをしっかりと摑む。そして三つ目が既存ビジネスの抜本的な見直しだ。過去からのしがらみのようなもの、利益は出ているが将来性の乏しいもの、人的資源を投入しているわりにはリターンの少ないもの……、それら全てを破壊することを目的にしている」

池畑は少し考えてから訊ねた。

「それぞれ大変なことですが、本当に実行出来るのでしょうか？　どのくらいの権限を与えられているんですか？」

部長はニヤリとした。

「ここでの決定事項は最強ラインと結びついている。だから絶対的な力を発揮出来る。経営は腹を括っている」

経営と聞き、池畑はハッとなった。

「社長……来栖社長のライン！」

経営企画部の三つの仕事の中で、池畑は二番目の仕事、つまり未来の需要の先取り、十年後に永福の収益の柱となるものを見つけることが仕事になった。

「君には三年の時間をやる。本当にものになるものを見つけてくれ。君の事業企画が承認されたら百億円を無条件に使っていい」

池畑は驚いた。

「そんなに使えるんですか？　その原資は何なんですか？」

部長はニッコリと頷いた。

「一昨年、社長が中東で利権を獲得した天然ガス田鉱区がある。そこから年間五百億の利益が生まれている。永福は途轍もないキャッシュ・カウを持ったということだ」

そんな話を池畑は聞いたことがない。

「ケイマンのタックスヘイブンに設立した会社の利益で、当社はまだ連結していない。いずれ経営企画部のプロジェクトの損益と合算して処理することになるが、それまではこの話は機密扱いになっている」

池畑は社長の来栖の姿をここで初めて摑んだように思った。

サミュエル・マクニールから聞いたカミカゼが実体を持って立ち現れてきたのだ。

「来栖社長は途轍もない存在なんですね？」

部長は頷いた。

「神話を創り続けている人だが、その力を絶対に知られないようにしている。神話にしておくことで、永福の人間たちに無限の力を与えられると思われている。不思議な人だよ」

池畑がサムから聞いた話を部長にしようとすると、それを制した。

「社長の仕事の具体的なことを話すのはご法度だ。偉くなりたかったら話さないことだ」

分かりましたと池畑は頷いた。

「そんで？　本社での仕事は面白うなりそうなん？」

東急東横線の学芸大学駅から徒歩十分にある借上げマンションの一室で、池畑と真由美はアメリカから戻って生活を始めていた。

荷物の片づけをしている真由美に、池畑が経営企画部のことを話すとそう訊ねられた。

「かなり自分の裁量が問われる部だからね。暫く本社で各部の色んな仕事を調べて、それから世界中を見て回ることになりそうだ。取り敢えずこれから三ヶ月はじっくり本社に腰を落ち着けてやるよ」

真由美はそうかと頷いた。

「それにしても……アメリカと比べて日本の家は狭いなぁ。慣れちゅうのは恐ろしいな」

池畑も同感だった。

「このマンションでも借上げの中では広い方だと人事部は言ってたけど……、本当に慣れは恐いね」

シャーロットでの仕事は苦い思い出しかないが、生活は本当に快適だった。

真由美も、タウンハウスの人たちと別れる時には盛大に涙を流していた。

「アメリカ人がホンマにエエ人やったんは驚きやったわ。日本やったらあんなに近所の他人に関心は持たへんよね」

池畑は頷いた。

そしてサミュエル・マクニールを思い出していた。彼から出来ないと言う勇気を持てと言われたことが、池畑を大きく前進させたことに感謝していた。

「サムさん、エエ人やったなぁ」

真由美の言葉にホントにと池畑は頷いた。

「サムのお陰で経営企画部に異動になったんだからな」

サムさんに日本から何か御礼に贈ったらどうかと真由美は提案した。

「そうだね。日本製ゴルフクラブでも贈ろうかな」

池畑は真由美には話していない社長のことを考えた。

「自分を隠れた神にして永福を動かす男……本当にどんな人物なんだろう？」

「人使い荒いよなぁ……」
青山仁は溜息まじりにそう呟いた。
タイのバンコクにある肥料会社サイタイ・ブラザーズの全株式をデット・エクイティ・コンバージョンを使って取得し、子会社としたタイ永福のオフィスで日本からのメールを読んでのことだ。

「まだ経営に着手して半年しか経っていないのに……」

東京本社の高井専務からのメールを見ながら、仁はここまでの半年を振り返った。

サイタイ・ブラザーズはサイタイNFと名称を変えた。取引先や従業員に馴染みのあるサイタイの名前は残した。仁が社長になって経営を行うことになった。

「経営ってどうやればいいんですか？」

仁は本社の高井専務に電話で訊ねた。

「君が気いついたところからやったらええねん。メーカーはモノ作りや。モノ作りに相応しうないもんとか、これは問題やなと君が思たもんから変えていき。目に見えるもんからやったらええ」

そう言われ、まさにその通りにやって行った。仁は新しい工場長を据えた。それまでの工場長はまったくやる気のない人間だと分かったので、馘にしたのだ。そして工場の労働者たちにヒヤリングを行い、人望のある人物を抜擢した。

仁はその新工場長に言った。

「目に見えるものから手をつけて下さい。先ず工場内を掃除して清潔にして貰えますか？」

そうして一週間が過ぎた時、工場内は見違えるほど綺麗になり、雑然と積まれていた原料袋なども整理整頓されるようになった。

仁は許される予算の中で、工場内の照明を全てＬＥＤに換えて明るくさせた。

「暗い工場は働く意欲を失せさせるし危険だ。それに良からぬことを考えかねない」

見違えるほど明るくなった工場で、労働者たちの態度が一変したのが分かった。皆ダラダラしなくなったのだ。

仁は生産現場で自分の気がついたところは全て変えようと思った。新工場長には、生産の改善をどうやったら行えるかを労働者たちと話し合って考えさせることにした。

「一ヶ月でまとめてから提案して下さい」

最初は外から人間を入れずに自主性を重んじようと考えたのだ。掃除の件から新工場長に指導力があることが分かったからだ。

「高井専務の言う通り、気がついたところ見えるところからというのは本当だな」

メーカーとしてやるべきことが少し分かったように仁は思った。

「工場のほうはこれで様子を見よう。次は営業だ」

サイタイ・ブラザーズ時代は営業らしい営業をしておらず、タイ国内の既存の流通業者に漫然と任していただけだった。

「これは外から人を雇った方がいいな」

商社マンの仁にとって販売は得意分野だ。

「営業は人。人に尽きる。良い人材を確保することが何よりだ」

仁は農業関連商品を扱う業者に片っ端から当たって、これはという人間に会っていった。

その中に若いが着眼点が良く意欲もある男がいた。

「私はサイタイ・ブラザーズが、肥料をインドネシアやベトナムへどうして売らないのか不思議だったんですよ」

東南アジア各国に農薬を販売する業者の営業マンをしている男だった。その言葉を聞いて仁は直ぐにその男を引き抜いた。

「三ヶ月で輸出実績を作ったらボーナスを出します」

そう言って男のやる気に油を注いだ。

工場の方は新工場長の指揮の下、三ヶ月で生産性を一割改善出来た。

仁は浮いた利益の半分を従業員へのボーナスとして配分した。それほど大きな金額ではなかったが、皆のモチベーションは上がった。

「サイタイNFになって働き甲斐が出た」

そういう声が出てくるようになった。

「でもなぁ……何かなぁ」

仁はどこか釈然としないものを感じていた。

「自分の見えるところ、気がついたところはみんなやった。が……」

どこか隔靴（かっか）搔痒（そうよう）、何ともいえない違和感があるのだ。

だがその本質がまだ仁には分からなかった。

サイタイNFとなって半年が過ぎた時、また東京本社の高井専務から命令が下ったのだ。

「バンコクでまだ半年しか経ってないのに。フィリピンへ行けかよ。ホント人使い荒いよなぁ」

高井からのメールには、フィリピンの取引先でサイタイよりも遥かに規模の大きな肥料メーカーが、業績悪化に苦しんでいるとして資料が添付されていた。

「なんだよ……永福は株主になっている上に三十億も原料代を貸してるじゃないか！　こっ、この会社……債務超過だ！　このままだと三十億、いやそれ以上がパーになる」

その会社をサイタイと同じやり方で永福が手に入れて立て直せとある。

仁は高井に直ぐに電話を掛けた。

「おーッ青山君、頑張ってくれてるやんか！　次はフィリピンや。頼んだで」

仁は露骨に溜息まじりで答えた。

「専務、まだ僕はサイタイの経営を始めて半年です。実をいうと経営の何たるか、まだ摑めません。なんだかしっくりこないんです。こんな状態でフィリピンの案件まで任されても良い結果は出ないと思います」

その仁に高井は言った。

「まぁ、青山君そう言うな。サイタイは小手調べみたいなもんや。前菜とスープや。しっくりこんのは満足いってないからや。ここからがメインディッシュなんや。兎に角、頼んだで」

仁は考えさせてくださいと言ってその話を受けようとしなかった。

「あーッ！　わしなぁ、来週シンガポールへ出張するんや。君も来てくれるか？　そこでゆっくりこの件は話しよ。兎に角、期待してるよってな！」

期待してると言われても……と仁が話している最中に電話は切られた。

「もう、しょうがないなぁ」

仁はあわただしくシンガポールへ出かけることになった。

「まぁ、あんまりごちゃごちゃ考えんな」

シンガポールの高級中華料理店で、仁は高井からご馳走になっていた。

仁は率直にサイタイでさえ、まだ自分がちゃんと経営出来るかどうかの自信がないと言った。

「いやぁ、君は見事にやってる。それは報告書と決算数字を見たら分かるで！」

高井はどこまでも聞く耳持たないという態度を貫こうとしていた。

専務にこれ以上食い下がっても無駄だと諦めた時に、高井がニヤリとした。

「青山君、エエとこ連れてったろか？」

はぁと仁は高井が何を言っているか分からなかった。

そうしてレストランから永福ＳＧＰ（シンガポール）差し回しのベンツのハイヤーに仁は高井と乗り込んだ。

繁華街を離れて高級住宅街に入って行く。

大きな屋敷のような建物の車寄せに停(と)まった。玄関のところに水色のネオンのイルミネーションが輝いている。

直ぐにマダムらしい年配の女性が出て来た。高井とは懇意なのか話が弾んでいる。

そうしてマダムに促されて高井と仁は別室に入った。

仁は驚いた。ぞろぞろ大勢の若い、それも飛び切り綺麗な女性たちが入って来たのだ……。

第五章　飛んで火にいる夏の虫

青山仁は、タイのサイタイNFの社長をやりながらフィリピンの肥料メーカー・アクロスの担当をすることになった。シンガポールの夜、専務の高井に押し切られたのだ。

「あ～ぁ……」

仁はフィリピン行きの飛行機の中で溜息(ためいき)をついた。

本当にこれでいいのかという思いがある。

「何かが出来てないんだよ。絶対的な何かが欠けてる」

サイタイでは、表面上本社から評価される結果を短期間で出した。だがずっと釈然としないのだ。

「何故(なぜ)だ？」

それがハッキリと分からない限り、自分に求められる「永福がメーカーになる」ということが達成出来ないように思う。

仁は目を瞑って考えた。

「あれが……プロの技かぁ」

思い出すと身も心も蕩けそうになる。

難色を示していた仁を骨抜きにしてフィリピンへ向かわせたのが専務の高井だ。

「ちょろい奴だと思われただろうなぁ……」

意外なほどだらしない自分の下半身を情けなく思った。そこに美雪の恐い顔が浮かび、ブルっと胴震いした。

「ダメ駄目。仕事仕事！」

そうしてマニラに着いた。


「本社はアクロスを手放すんだろ？」

永福商事マニラ支店長は仁にそう訊ねた。

仁は高井専務の意向と、自分がバンコクのサイタイでやって来たことを話した。

「デット・エクイティ・コンバージョン？」

支店長は難しい顔をして首をひねった。

「アクロスは止した方がいい。肥料メーカーとして二番手だが最大手の国営企業フランクスは売上でアクロスの四倍、永福がアクロスを手に入れてもお荷物なだけだ。俺としてはフランクスに買収して貰（もら）って幾らかでも債権を回収出来たらと、本社取締役会に具申しようと思っていたところなんだ」

仁も支店長の考えは分かる。

「高井専務は、これからの商社は商売のあり方を変えないと生き残れないと考えてらっしゃいます。商品を右から左に動かしての口銭では生きていけない。メーカーとなってやっていくことを、新たな永福の成長のモデルとしようとされています」

支店長も理屈は分かると言う。

「だが……アクロスは止したほうが」

そう繰り返した。

仁は改めて資料を見た。サイタイと違って競合他社であるフランクスは大きく、確かに勝ち目はないように思える。

だがそのフランクスは長年赤字の企業だ。その点を支店長に訊ねた。

「国営企業おきまりの放漫経営だよ。ある意味そんなフランクスがあったから、アクロスもだましだまし商売できてきたということだ」

その言葉を聞いて仁は閃（ひらめ）いた。

「桶狭間（おけはざま）の戦いをやれば勝てるかもしれないということじゃないですか？」

エッと支店長は驚いた。

仁は自分でも意外なことを言ってしまったと、少し後悔しながらも言葉を続けた。

「アクロスを子会社にして立て直せばフランクスを倒す会社に出来るかもしれないということはないですか?」

支店長はう~んと唸った。

仁はその支店長にハッキリと宣言した。

「高井専務は本件を特命案件として本社肥料部の責任と予算でやるとおっしゃっています。マニラ支店には人的バックアップだけお願いしたいとのことです」

支店長は自分の裁量がこれ以上は及ばない案件だと分かると納得した。

「じゃあ、青山君。大変だが頑張ってくれ。マニラ支店としてやれることは全てやる」

仁はありがとうございますと頭を下げた。

「会社を売るつもりはありません」

アクロスの社長は、仁がデット・エクイティ・コンバージョンを持ち掛けるとそう言った。

「では会社は潰れますよ。それでもいいんですか?」

仁はそう強く言いながらも、サイタイの時と同じように貸付金の即時返済を迫るのは思い止まった。

（この社長、使えるかもしれない）

サイタイの二代目とは違い、生え抜きで昨年社長になったばかりの人物で、やる気は見える。

（やる気と能力があれば使わない手はない）

仁は社長に訊ねた。

「じゃあどうやって会社を立て直します？　債務超過解消はどうやります？」

人員削減と残った社員の給与カットを社長は自分ならやれると自信を持って言った。

仁は訊ねた。

「リストラ費用はどうします？　アクロス単独では厳しいでしょう？」

すると意外なことを社長は言う。

「帝都商事から支援を受けます」

アクロスの株主構成は創業者ファミリーが六十パーセント、永福商事二十パーセント、そして帝都商事が十パーセント保有している。しかし帝都はフィリピンでの肥料事業から撤退し、株主として残っているだけだ。

その帝都が支援するとは思えない。

（ブラフか？）

そう思ったが口にはしなかった。

仁はマニラ支店に戻ると直(す)ぐに帝都商事の人間とアポを取ろうとしたが、担当者が肝炎で入院中だと言う。

フィリピンは電力事情が悪くしょっちゅう停電する。冷蔵庫が止まるので衛生状態も悪く、肝炎に罹(かか)る日本人駐在員は少なくない。

仁は入院先まで出かけた。担当者は会ってくれた。

（さすがは帝都商事だな）

入院中にもかかわらず病室に資料を持ち込んで仕事をしている。

「アクロスの件ですが、帝都さんは本当に支援なさるおつもりなんですか？」

担当者は悪い顔色でつらそうにしながらも頷(うなず)いた。

「そのつもりです。いや……つもりでしたが正しいですね」

担当者は正直に話してくれた。

「ご存知の通り、帝都商事は東南アジアでの肥料事業は撤退しました。口銭商売では儲(もう)かりませんからね」

それは永福も同じだ。

「ですが、昔からのしがらみで完全撤退は出来ない。政権との関係がありますから……」

利権が様々に絡む東南アジアの国々での商売の難しさがそこにある。

「債務超過に陥ったアクロスをどうするか本社と協議しました。アクロスの新社長がやる気を見せるので、潰して出資金がパーになるよりチャンスを与えようかと追加出資を考えていたんですが……」

責任者の自分が肝炎で倒れて先に進まなくなったのだと言った。

「社長には追加出資を匂(にお)わせてしまった。悪いことをしたと思っています」

帝都の担当者の話に仁も正直に応(こた)えた。

「帝都さんの持ち株を当社が買い取りますよ。うちはアクロスをデット・エクイティ・コンバージョンで子会社化しようと思っています」

担当者は驚いた。

「それはチャレンジングですね！　でも国営企業のフランクスがある限りフィリピンの肥料事業は引き続き難しい。私も病魔に襲われてから弱気になったのか、勝負に出ようと思えなくなりました。永福さんに買い取って頂けるなら本社と話をつけます」

仁はその後、誠実な帝都の人間の対応にきちんと礼を尽くした。本社と話をつけ帝都側の持ち株を言い値で買い取ったのだ。

そうしてからアクロスに再び出かけた。社長も前回とは態度が違った。

「これでＮＦ（永福商事）は大株主になったわけですね。ミスター青山、どうされます？　私を馘(くび)にされますか？」

仁は笑った。

「社長には続けてやって貰いますよ。給料も上げます」

エッと社長は驚いた。

「御社の債務は全て永福が引き受けます。デット・エクイティ・コンバージョンで百パーセント子会社にします。あなたには改めて経営に入って頂きたい。宜(よろ)しいですか?」

社長は分かりましたと笑顔で承諾した。

そこから仁は具体的にアクロスのリストラ案を社長と詰めていった。

社長は言った。

「従業員は私のことは信頼してくれています。ですが永福の会社となってそれが変わらないかは分かりません。永福を代表する青山さんが皆を納得させて頂けるかどうかです」

仁はその言葉でぐっと腹に力が入った。

「本物のメーカーになる。モノ作りの会社を経営する。その真価がここから俺に問われているということだ。商社マンとしてではなく真の経営者になれるかどうか……」

フィリピンに来て青山仁は変わり始めた。タイで会社経営にたずさわった時からずっと釈然としなかったこと——仕事に自信が生まれないこと、その疑問が少しずつ解け始めて

きたのだ。

それは自分が何者か知ることから始まった。

「俺は商社マンだ」

それには自信がある。商社マンとして働いている手応えがある。

「だけど……そこに問題がある」

無知の知、それを知ったのは従業員全員を集めてリストラ内容を発表した時だ。

「アクロスは債務超過に陥っていて潰れます」

工場内の大食堂に三百名の従業員全員を集めて仁はそう言った。その言葉でそれまでざわついていた場内が水を打ったように静まり返った。

「NF（永福商事）はそうなると大きな損失となりますが、残念ながら諦めるしかありません」

会社の状況が悪いことは社員たちの共通認識だったが、いざ倒産という言葉を聞くと誰もが凍りついた。

これはショック療法だった。社長が仁に続いた。

「ミスター青山にはNFを代表してここに来て貰っている。皆はどうする？　このまま会社が潰れてしまうのがいいか？」

——何とかしてくれ！　家族がいるんだッ！

という声がそこここからあがった。

社長は続けた。

「俺はミスター青山と懸命に話し合った。出来る限りアクロスの人間を、いや全員を、なんとか残す形で会社を継続してくれと頼んだ。今、ミスター青山は考えてくれている。俺とミスター青山にもう少し時間をくれないか？　このまま潰れることだけは避けたい。その為に今少し時間をくれ。そして皆が働けるために新しい条件を提示する。潰れるのがいいか、新しい条件の下で働くか。いやそれも会社を続けられればの話だが……」

そう言うとまた場内は静まり返った。

そこから仁が引きとった。

「東京の本社と交渉をします。社長が本気でこの会社を立て直したいと言うことに、私は協力したい。本社を説得してみたいので時間を下さい」

このやり取りは仁と社長との芝居だった。

会社が潰れる。自分が職を失い路頭に迷うとなると、人間はそれまでの自分ではいられなくなる。

仁は従業員たちの顔を見回した。

その時だった。大きな疑問が自分の中に生まれた。

「俺は彼らを背負うことが本当に出来るのか？」

経営とはそういうことだ。商社ビジネスのようにモノを右から左へ移すのではなく、働く生身の人間たちを養う責任がそこにはあるのだ。

従業員とその家族を養う責任、仁はその場にいて初めて商社マンとして背負って来たのとは違う重荷を感じた。

そして三日後、社長は全従業員に解雇通知を出した。

受け取った者たちはショックを受けた。そして直ぐ新たな会社がアクロスを引き継ぐことがアナウンスされた。

アクロスＮＦ、全債務を永福商事が引き受けての、百パーセント子会社としての肥料会社が誕生したことを知らされたのだ。

「アクロスＮＦは従業員を募集します」

それを知って皆はほっとした。

給与は十三パーセントカット、不平を言うものは一人も出ず、全員が再雇用に応じた。

社長のリーダーシップと仁とのタッグが効いてのことだった。

仁はアクロスＮＦの社長に就任した。社長は副社長として再雇用される形を取った。

高井専務に報告すると満足そうだった。

「既定路線やったけどようやってくれたな。ここから頼むで。上手(うま)いことやったら、またシンガポールへ連れてったるさかいな！」

そう言われて仁はドキリとした。

「駄目だダメだッ！　仕事仕事ッ！」

美雪の恐い顔を思い出し、自分に言い聞かせた。

そこから仁は懸命に工場の生産性と売上の双方を高めることに注力した。

本社に掛け合って生産ラインを最新鋭のものにした。販売面でも永福のネットワークを最大限活用して、一年後にはインドネシアとベトナムに輸出出来るまでになった。

そこで仁はまず副社長にボーナスを出した。

副社長は意気に感じて、フィリピン国内でフランクスの肥料を使っている農家を、アクロスNF製品に乗り換えさせようと言い出した。

「地元を知り尽くしている人間を使ってセールスさせましょう」

販促には仁も同行した。

「なるほど、こういうやり方があるんだな。郷に入っては郷に従え……か」

フィリピンも広い。それぞれの地方には方言があって、その地方以外の言葉でセールスをしても農家の人たちには響かないのだ。

副社長の指示で従業員を地元でセールスに専念させると、面白いようにフランクスからアクロスNFに乗り換えていく。工場の生産性を高めてフランクスより安く販売出来る強みもあった。するとどんどんアクロスNFのシェアが上がって行く。国営のフランクスの背中が見えて来るようになったのだ。

そうして三年が経った。

「全従業員にボーナスが出せるよ」

仁がそう副社長に言うと抱きつかれた。

皆ボーナスを受け取ると大歓声だ。十年ぶりのボーナスだったのだ。

「やれば出来る。やれば報われる」

その時、環境が大きく変わり始めた。

「エッ⁈ フランクスが民営化？」

仁のもとに情報が伝わって来ると直ぐに、永福商事にフランクスを買わないかと持ち掛けて来た男がいた。

政府肝いりの周旋屋、アルハンドラだ。

「何者なんだ？ アルハンドラって？」

副社長に言わせると、大統領とツーカーの仲で政府関係のプロジェクトを扱っては中抜きして儲け、それを大統領に還元する完全な政商ということだった。

「そういう人物を相手にするのは嫌だなぁ」

しかし、無視するわけにいかない。仁はフランクスを買うつもりは全くない。設備は老朽化したものだし、このままの調子でアクロスNFがシェアを奪っていく方がずっと確実な成長が見込めると思っている。

アルハンドラと会う日がやって来た。

アクロスNFの社長室に現れたアルハンドラを見て仁は驚いた。

（なんだよ！　ブッチャーじゃないかッ！）

往年のプロレス名悪役アブドーラ・ザ・ブッチャーそっくりの大男だ。

ブッチャーはのっけから笑顔で言う。

「お前はついてる。フランクスを買えるんだからな」

仁も微笑（ほほえ）んで答えた。

「フランクスを買うつもりはありません」

その言葉を耳にしなかったように、アルハンドラは仁から視線を外して言う。

「ノルスクハイクが直ぐにでも買いたいと言って来ている」

ノルスクハイクはノルウェーの肥料会社で、東南アジアでも事業展開している。

だが仁はこちらを煽（あお）るための嘘（うそ）だと睨（にら）んだ。

「じゃあノルウェーのバイキングに買わせたらいいじゃないですか？　NF（永福商事）は買うつもりはありません」

そこでようやく仁に反応して目を合わせ、アルハンドラは言った。

「なぁよく考えろ。アクロスNFの製造能力はフランクスの四分の一だ」

仁は首を振った。

「かつては四分の一でしたが今は三分の一。来年にはシェアを奪いながら能力増強もやりますから、二分の一になりますよ」

アルハンドラは顔色を変えた。

「フィリピン政府はそんなに沢山の肥料会社はいらないんだ。だから親切でフランクスを買えと言ってる。今なら安くしておいてやる。今のうちだ」

仁は笑った。

「うちは買いません。フランクスをそのまま民営化して、上場益で政府が儲ければ良いじゃないですか？　それが正攻法ですよ」

フランクスの経営状態からそんなことは無理だと仁は分かっていて、わざと言ったのだ。

またアルハンドラは視線を外して言い放った。

「フィリピン政府はこれ以上肥料会社はいらない。いいか、フランクスを買わないなら今すぐアクロスNFの製造を止めろ」

仁はアルハンドラを睨んだ。

「フランクスを民営化させて正々堂々と勝負しましょうよ。それがビジネスだ」

「製造を止めろ。止めなければお前を殺す」

アルハンドラの脅しに、仁はイリノイのショットガンを思い出した。

「えらい時に来たな」

池畑大樹は豪雨のフィリピンに到着してそう思った。

「本当に死ぬかと思った」

飛行機は悪天候でひどく揺れ何度も着陸をやり直し、飛行機慣れている池畑も肝を冷やした。

ようやく着いた空港からタクシーで永福商事マニラ支店を目指した。

「物凄(ものすご)い雨だな……」

ワイパーを最速にしているのに前が見えず、ずっと渋滞している。

「もう三日三晩降り続いている。神が怒っているんだ」

タクシーの運転手がそう言う。

「何に対して神が怒ってるんだい？」

池畑は訊ねてみた。

「何もかもにだ！　この世の何もかもに怒っている」

そこから池畑は何も訊(き)かなかった。渋滞の中、タクシーは動く気配が全くない。

豪雨は降り続き、これも地球温暖化の影響かと思いながら、それをビジネス機会と捉(とら)えている商社マンの自分がいることを池畑は思った。

ＣＳＲ、ＥＳＧ、ＳＤＧｓ……そう言った言葉が頻繁に使われるようになって来ている。企業が持つべき新たな理念とされるものだ。

ＣＳＲとは〔Corporate Social Responsibility〕企業が存在する上での社会的責任、単に収益追求だけでなく、広く社会に貢献すべきであるとする考え方だ。

ＥＳＧは、環境〔Environment〕、社会〔Social〕、企業統治〔Governance〕の頭文字を取ったもので、これも企業が負うべき責任の新たな考え方。

そしてＳＤＧｓ〔Sustainable Development Goals〕、持続可能な開発目標のことで、地球上のあらゆる資源を消費するだけではなく、再生、再利用することを重視する考え方だ。

「それら全ての実現に向けビジネスの領域で商社が旗振り役をすべきだ。そうすることから新たな商社の存在価値が生まれてくる」

精神のエリートであろうとする池畑にとって、それらがこれからの自分の最重要の柱だと考えるようになっていた。経営企画部で新規案件を検討する際にはＣＳＲ、ＥＳＧ、ＳＤＧｓを前提として考えてきた。

何より環境問題は目に見える危機として迫っている。

豪雨は止む気配がない。

「神が怒っているんだ」

運転手は繰り返し言った。

「そうだ。神は怒っている」

そう答えている自分にとって神とは何だろう。

池畑は特定の宗教を持ってはいない。敬虔なローマンカソリックのフィリピンの人々のように神を信じてはいないが、宗教心と呼べるものは持っている。

目に見えない力を畏れる心、そういう心は持っている。

「その心って一体……何なんだろう？」


「そうか。アクロスＮＦの視察か」

池畑はマニラ支店長に今回の出張の目的を話していた。

「経営企画部としてお膳立てされた内容での視察ではなく、最初から新鮮な目で永福のメーカー事業を分析するという方針からです。突然のことでご迷惑をお掛けしますが、内部監査ではありませんのでご心配には及びません」

そういう池畑も事前にアクロスＮＦのことを調べていない。先入観を持たず現場を新鮮な目で見て、新規事業に繋がるエッセンスを抽出することが目的だからだ。

「早速アクロスNFを訪問して来ます。アポをお願いして宜しいですか？」

支店長は直ぐに手配を整え支店長車まで出してくれた。

アクロスNFは、永福の子会社の中で配当を出している数少ないメーカーだ。

「永福が子会社にして四年、国営企業のフランクスを抜いてフィリピン国内シェアは最大、従業員数は五百人……」

池畑はフィリピン人新社長のインタビューが地元紙に載っているのを読んだ。その内容は自分たちの事業への自信に満ちている。

「永福からは誰が行っているんだろう？」

敢えて社内資料を事前に見ないでの視察だったが、池畑は気になっていた。

そうして池畑を乗せたクルマはアクロスNF本社工場の敷地に入った。

雨はまだ降り続いている。傘を持ってクルマに近づいて来る男が見えた。

池畑は太ったフィリピン人従業員が迎えに来てくれたのだと思った。

「いやぁ、お疲れ様です。東京から遠路ご苦労様です」

日本語にびっくりした。それ以上にその男の顔を見て池畑は驚いた。

真っ黒に日焼けした青山仁だった。

「あ、青山？」

そう言った池畑を仁はじっと見詰めた。

「お前……池畑か？」

同期同士の思いがけない再会だった。

「経営企画部ねぇ。いかにもエリート集団って感じだな」

仁は池畑が差し出した名刺を見て、面白くなさそうな顔をしてそう言った。

「永福の将来を考える部だ。その中で俺は、今新たな事業理念、ＣＳＲ・ＥＳＧ・ＳＤＧｓを柱にした事業や投資を任されている」

仁は面白くなさそうな表情を続けながら訊ねた。

「で？　そのエリートが何しに来たの？」

エリートじゃないよと池畑は首を振りながら、アクロスＮＦのことを全て教えて欲しいと言った。

「永福で唯一といっていいメーカーとしての成功例だ。そのエッセンスを知りたい」

仁はまだ面白くなさそうな顔つきでいる。

「で？　エッセンスを知ってどうするの？」

池畑はニヤリとした。

「第二のアクロスＮＦを創(つく)る。あるいは……」

勿体をつけて池畑は言う。

「アクロスＮＦに新たな投資をする」

その一言で仁の表情が変わった。

（なんだこいつ？　子供の河馬が口を開けたような満面の笑顔じゃないか！）

それまでの仏頂面から一転、池畑は驚いた。

（飛んで火にいる夏の虫とはこいつのことだ）

仁は微笑んだまま言った。

「全部教えてやる。全部見せてやる。何もかも全部。驚くなよ」

そう言ってつぶらな瞳を不敵に光らせた。

「そいつはこう言ったんだ。『製造を止めろ。止めなければお前を殺す』とな……」

仁はメーカー経営者として、それまでのあり方を、タイのサイタイからフィリピンのアクロスまで時系列に沿って話し続けた。

マニラ市内の仁のアパートメント。仁は一人で暮らしている。単身赴任だと言う。

（なんだ。愛の遍歴の結果が単身赴任か……）

池畑は口には出さず大変だなと呟いた。

マニラ市内の高級日本食レストランで、池畑の勘定持ちで食べて飲んだ後だった。

「うちに来いよ。そこで話してやるから」

そう言われて上がり込んだ。

アメリカンサイズのワンベッドルームで百平方メートルはある。仁は意外なほど綺麗に住んでいた。

池畑が持って来た日本のウイスキーを飲みながら話した。

「アブドーラ・ザ・ブッチャーみたいな周旋屋のアルハンドラに殺すと脅された時はビビったよ。それでどうするか本社の高井専務に相談したんだ。全て事情を話してね」

そこからの仁の話に池畑はなんとも言えない感覚に陥った。

「高井専務は『分かった。ちょっと時間をくれ』と言った。それから三日後だったかな。俺も狐につままれたように思った。アルハンドラから電話があって、『正々堂々とやろう。我々も民営化、上場を目指してフランクスを盛り上げていくから』と言うんだ」

池畑はおかしな話だなと相槌を打った。

仁はそうだろと返した。

「コロッと態度が変わったから逆に気持ちが悪くなった。でもそこで分かったよ。大統領が動いたんだとな」

エッと池畑が声をあげた。

「アルハンドラは典型的な政商だ。フランクスの民営化話に乗って一儲けを企んでいた。

だがそれが大統領の鶴（つる）の一声で手を引かざるを得なかった」

その後、フランクス民営化の話はなくなり、今も国営企業として存在しているが、アクロスNFにシェアは奪われ続けている。

話を聞いて池畑は暫（しばら）く考えて言った。

「高井専務が動いたということか？　専務が大統領を動かしたと？」

仁はウイスキーの水割りをグッと飲み干してから言った。

「高井専務が動いたのは事実だけど、大統領を動かしたのは別の人間のようだ」

誰だと池畑が訊ねると仁は首を振った。

「それは知らない方がいいみたいだな。ただ専務は『神風が吹いた』とだけおっしゃったよ」

池畑はその言葉に瞠目（どうもく）した。

「カミカゼ?!」

池畑大樹は、青山仁の説明を受けながらアクロスNFの工場を見て回っていた。

「マガンダン ウマーガ（おはよう）」

従業員たちは仁の姿を認めると、皆笑顔で挨拶をして来る。

「お前は慕われてるな」

池畑が感心して言うと仁は頷いた。

「潰れる寸前だったところから立ち直った。その苦楽を共にして来たのと、皆が頑張ってくれたことには報いたからな」

仁は昨年初めてボーナスを出せた時のことを語った。

「ボーナスを出した日、皆とサンミゲルで乾杯してから俺は言ったんだ。『アクロスが生き残ったのは運命ではない。俺たちが運命を創ったんだ』と……」

池畑はその仁を見て驚いた。その場面を思い出し目を潤ませている。

働いてそんな感動を受けたことは今まで一度もない。

「メーカーというのは一心同体なんだ。何もかも一心同体。従業員、その家族、工場、製品……全てと一つになって未来も考える。それに俺が気づいたのが大きかったね」

仁の言葉に池畑は心を揺さぶられた。

「商社ビジネスの基本ってモノを右から左に動かして口銭を取ることだろ？　俺たちはそのビジネス環境で育って来た。ようはその場その場ってことだろ？　〝今〟しか見ない。〝今〟ここで稼ぐことしか考えない。だがメーカーのビジネス環境は違うんだ。メーカーを経営していくのに商社マンでは駄目なんだと俺は気がついた。そこからは気づきの連続だった。そして気づいていく過程で分かったんだ。商社という存在の絶対的弱点が……」

池畑はドキリとした。自分が一番知りたいと思っていることを、仁は既に気がついていると思ったからだ。

仁は続けた。

「商社マンは点と点、そこに線を引くことしか考えられない。そうじゃないんだよな、メーカーのビジネスって。線と線によって面を作る。一次元ではなくて二次元、ビジネス環境を面で捉えないといけない。そして従業員と家族。彼らを豊かにするためというもう一つの次元が必要になる。それで立体の三次元になる。そして時間。会社・工場・従業員とその家族・顧客の時間……それら全ての未来を豊かなものにするために、どう時間を捉えるか。つまりさらに上の次元で四次元。こういう風にビジネスを捉えて初めてメーカーとして成功できることを学んだんだ」

池畑は仁の言葉に深く揺り動かされた。同期がここまで成長していることに衝撃を受けた。

「お前は凄いよ」

池畑はそう言った。

「エリートのお前に凄いと言われるとは思わなかったな」

お前は凄い。池畑はもう一度言った。

仁はニヤリと笑った。

「さて、ここからお前にアクロスＮＦの強さの源泉を見せる。これがお前が本当に知りたいものだと思うよ」

そうして二人は雨が降り続く工場の外に出ると、傘をさして暫く歩いた。

工場用水として使用する地下水の汲み上げポンプの横に大きなプールがある。そこに何故か制服ではない普通の格好の女性たちが雨に濡れながら作業している。およそ工場内の景色に見えない。

「彼女らは何をしてるんだ？」

仁は微笑んで言った。

「養殖の海老に餌をやってるんだ」

池畑は昨日仁に見せられたアクロスＮＦの資料を思い出そうとした。そんなものは事業内容にない。

「本社には知らせていない。これは従業員組合がやっていることだ。働いているのは従業員の家族だ」

仁の言葉に池畑は驚いた。

「ちょっと待て！　このプールは会社の資産だろ？」

仁は頷いた。

「工業用水貯水プールで資産計上された……そう、アクロスNFの立派な資産だ」

お前、それは会社の資産の流用じゃないかと池畑が言うと仁は笑った。

「ビジネスを一次元ではなく二次元、二次元から三次元、四次元にしていくと、こうなる。そういうことだよ」

不敵な笑みを浮かべる仁を、池畑はただただ驚いて見るだけだ。

「海老の養殖の利益は全部従業員とその家族に還元される。それでアクロスNFを支える者たちが豊かになっていく。会社への求心力は高まって本来業務のモチベーションも上がる。メーカーの経営とはそういうことだ」

これまでの実績から自信を持ってそう語る仁に、池畑は何も言えなかった。

「さて、さらなるものを見せてやろう」

そう言う仁に池畑はついて行った。

異臭がする。

「なんだ？　工場の隣に養豚場があるのか？」

豚が何百頭も飼育されている小屋がズラリと並んでいる。

仁は笑顔をはじけさせた。

「工場の隣じゃない。工場の中。いや、正確には工場内の空き地だな」

池畑は唖然（あぜん）とした。

「まさか‼ これも〝組合〟の⁈」

さらに強くなった雨の中、仁は頷いた。

「旨いなこれ！」

アクロスNF本社の社長室に戻って出されたものを食べながら池畑はそう言った。

仁はビールのサンミゲルの瓶と一緒に、「摘まみだ」と言ってそれを出してきた。

「豚の皮を揚げたものだ。さっきの養豚場の豚の肉を売って残った皮を油で揚げると、このスナックになる。作ってるのは従業員のカミさんたち。これも売ると結構儲かる」

仁はまた不敵な笑みを浮かべビールをラッパ飲みした。

「……」

池畑は悩んだ。

仁の経営のあり方をどう捉えるか。

企業の存在理由、それはどこまでも利益追求であり、企業の殆ど全てはその一点で企業活動をしている。しかし、それだけではもう存在出来ないのだという時代に入りつつある。

社会的責任、企業を取り巻く社会への責任が否応なく求められている。それは企業が存在する地域への様々な貢献も含まれる。

「青山のやっていることが地域に貢献していることは認める。だがこれは企業のガバナンスを逸脱している」

池畑は栓の開いたサンミゲルの瓶に口をつけず、仁を真っ直ぐに見て言った。

仁は一本目を飲み干し、もう一本を冷蔵庫から取り出して栓を抜いた。

「ガバナンスねぇ……」

他人事（ひとごと）のような言い方だ。

「ガバナンス。企業統治の要件よりもみんなが幸せになることが大事なんじゃないのかなぁ。会社を中心に幸せの環（わ）を広げる。それが俺の企業経営の基本方針なんだよ」

池畑はそれを実践している仁を見たから、単なる綺麗ごとでないのは分かる。アクロスNFの従業員とその家族は豊かになり、アクロスNFの収益も上がっている。何も悪いことはない。しかし、と池畑は思う。

「会社の資産の流用は問題だ。ガバナンスを要件主義にはしたくないが、やはり問題だ。何らかの形できちんとすべきだ」

仁はふぅんという表情をした。

「池畑さぁ、俺は後一年でお役御免だ。次にどこへ行くかは分からない。だがその前に今お前が言ったことを含め、このフィリピンで幸せの環を広げておきたいんだ」

仁は真剣な目になった。

「池畑、経営企画部のお前の裁量で日本円で二十億の追加投資をしてくれ。社会貢献をさらに広げてきちんとした形にしたいんだ」

池畑は怪訝な顔つきになって言った。

「簡単には行かないぞ。経営企画部としては、子会社の成長支援という名目がないと新規投資は出来ない」

仁はニヤリとつぶらな瞳を光らせた。

「今、肥料原料のリン鉱石が物凄い勢いで上がっている。幸いアクロスNFは値上がり前、俺の才覚で年間必要量の倍の在庫を仕込んで莫大な含み益になっている」

何を言いだしたのか池畑には分からない。

「二十億をリン鉱石買付資金と倉庫拡張資金として出して欲しいんだ」

意味が分からない。

「在庫はたっぷりあるのにどうしてだ？」

仁は不敵な笑みを浮かべる。

「二十億のうち十億を工場沿岸の漁業権の取得に使いたい。ロブスターと牡蠣の養殖を従業員たちの家族にやらせたいんだ。外国企業のアクロスNFでは漁業権は取得できない」

池畑は訊ねた。

「十億を〝組合〟に流用するということか？」

仁は頷いた。

「余剰在庫を売却して利益をキャッシュ化するのに時間が掛かるからな。漁業権獲得の十億は直ぐに要る。だが、俺がここにいる一年以内に十億は必ず返却する。〝組合〟を社会貢献組織にしてから必ず返す。これだけはやっておきたいんだ！」

◇

池畑大樹は東京の経営企画部に戻った。

三ヶ月に亘った海外視察を終えて報告書を作成、新規投資案件を稟議にかけていた。『理想的ＣＳＲ（企業の社会的責任）としてのフィリピン・アクロスＮＦのあり方と追加投資について』と表題がつけられている。

検討会議では特に異論は出なかった。皆、池畑の調査分析能力を信頼している。アクロスＮＦの在庫の帳簿が改ざんされているとは誰も気がつかない。

池畑は背任を行っているが、罪悪感はない。

リン鉱石の在庫量と簿価はいじってあるが、評価額は現実のものと変わらない。

「大きく利益の出ているリン鉱石の余剰在庫は、コンテナのまま港に置いてある」

青山仁はそう言った。

仁がそれを確実に転売して、利益をキャッシュ化すれば何の問題もない。

「よし、いいだろう。アクロスＮＦへの二十億円の追加出資は認めよう」

部長はそう言った。

池畑は直ぐにフィリピンの仁に電話を掛けた。

「そうか！　では行動を開始する。漁業権の獲得を確実にするための例の件も通してくれたか？」

池畑は大丈夫だと言った。

「典型的な社会貢献だからな。こっちは皆が絶賛してたよ」

そうかそうかと仁は喜んだ。

それは寄付の話だった。池畑がフィリピンに滞在していた時の豪雨は記録的な被害をもたらし、大統領の出身地の教会が洪水で流されてしまったのだ。

その再建資金をアクロスＮＦが出す。日本円にして三千万円程度。

「大統領はＣＳＲでアクロスＮＦを表彰してくれる筈だ。これで漁業権の取得もスムーズに行く」

池畑は声をひそめた。

「大丈夫だろうな？　十億の返金はお前がフィリピンを離れる前に本当に完了するんだろうな？」

それが出来なければ池畑も仁も背任だ。

「大丈夫だよ。さっき先物で二億円分売却の話をつけたところだ。リン鉱石の値上がりは続いている。半年あれば十億の利益、いやそれ以上になると思うが、確実に十億は返却出来る」

池畑はそれを聞いてホッとした。

池畑は仕事を終えて学芸大学の自宅マンションに戻った。

「お姫さまのご機嫌はどうだい?」

妻の真由美に訊ねた。

「今日はずっとご機嫌やったなぁ。真樹(まき)ぃ」

真由美は半年になる娘の真樹を抱いている。

「そろそろ作ろか?」

結婚して以来ずっと真由美の意向で妊娠を避けていたが、東京への転勤が決まってから、真由美は子供が欲しいと言い出し、ほどなくして妊娠したのだ。

「アメリカにいてる時に産んどいたら二重国籍ちゅう宝物が手に入ったのに……惜しいことしたなぁ、真樹」

真由美は娘に向かって言う。

妻に抱かれる娘を見ながら、池畑は自分が変わったと思った。子供の将来、環境、未来を良いものに出来るか。それにどう自分が関わるかを真剣に考えるようになっていた。

「それは今の仕事に合っている。どう永福が社会や環境に貢献できるか。それを念頭に置く仕事に……」

池畑は娘の真樹が生まれたことと、自分のキャリアが同調していることに運命を感じた。フィリピンでアクロスＮＦの青山仁と結託したことも最終的には子供の将来、未来に良い形で返ってくるだろうと、楽観的に捉えることが出来る。

「だが……」

自分が大事なものに目を瞑っていることに引っ掛かりがある。

「俺と青山がやっていることは、直ぐに解消されるとはいえ明確な背任だ」

それは企業として重要視しなくてはならないＥＳＧの中の企業統治〔Governance〕を逸脱しているばかりか犯罪でもある。

「あいつには押し切られた」

仁が放っていたメーカーの経営者としてのオーラのようなもの。それに池畑は魅せられたと言っていい。

「あいつはフィリピン社会に、どう企業が貢献出来るかのお手本を創った。ＥＳＧは三位一体が理想だが、過渡期ではそうはいかない。そう、そうだ！　アクロスＮＦが真の意味で社会貢献のモデルとなる過渡期……だからそこでガバナンスを逸脱することは許されて漁業権の取得を許可した。やったよ！」

「教会寄付が効いた。フィリピン政府が、アクロスNFの〝組合〟を国内法人と認定して

　その池畑の自宅に仁から電話が掛かって来た。

もいい筈だ！」

「大丈夫。おつりが来るぐらいの相場の状況だ。何の問題もないよ」

　そうか良かったと言いながら、池畑は十億の返却は速やかにと頼んだ。

　池畑は間違いなく頼んだぞと念を押した。

　七月、仁に辞令が下った。

　東京本社肥料部第一課長として、アクロスNF成功の勲章と共に凱旋帰国することにな

った。

　池畑はそれを知って直ぐ仁に電話を入れた。

「良かったな。おめでとう！」

　ありがとうと仁は言いながらも声のトーンが低い。

「なんだ？　同期で最初の課長だぞ。フィリピンを離れるのが嫌なのか？」

　仁は黙っている。

「どうしたんだ？」

池畑は嫌な予感がした。

「いや……なんでもない。大丈夫だ」

まさかと池畑は訊ねた。

「在庫の処分が上手く行ってないんじゃないだろうな？」

仁は直ぐに答えない。

「おい、青山。返事をしろ！」

暫く沈黙があってから仁は言った。

「リン鉱石の価格がおかしい。それで様子を見ている」

その言葉で血の気が引くような感触を池畑は覚えた。

「どういうことだ？　もう殆ど処分している筈じゃないのか？」

大丈夫だ大丈夫だと仁は繰り返す。リン鉱石の価格が数ヶ月前からずっと下がり基調で様子を見ているんだと言う。

「様子を見てるって？　お前はもう日本に戻って来るんだぞ！」

分かっていると力なく仁は答える。

「社長がちゃんと引き継いでやってくれる。全部任せてある。だから大丈夫。問題ない」

そう言って仁は電話を切った。

池畑は直ぐに肥料部に走った。

「リン鉱石の価格ってどうなっている？」

担当者は「酷いですよ」と言ってから端末を操作して、ディスプレー上に価格のチャートが示された。

「?!」

半年で半値になっている。

（迂闊だった……）

池畑は自分でも価格をチェックして随時進捗を確かめるべきだったと項垂れた。

「どうしたんですか？　経営企画部が金属相場を調べるなんて珍しいですね」

池畑は作り笑いをした。

「いや、資料作りに必要でね」

あぁと担当者は頷いた。

「アクロスＮＦですね。青山さんが第一課長として凱旋して来る」

その名前を出されてドキリとしながら、「ありがとう」と言って池畑はその場を離れた。

「池畑君、ちょっと」

経営企画部長から池畑が呼ばれたのは、十二月の半ばだった。

部長は池畑と二人きりの応接室で深刻な顔で話を切り出した。

「アクロスＮＦがおかしい」

池畑は遂に来たかと思った。

仁は東京に戻り、肥料部第一課長として既に半年近く働いている。フィリピンのことはなにもないかのように平静を装っている。

リン鉱石の価格は下がり続け、最高値から三分の一にまで暴落していた。隠している在庫は現金化されるどころか、不良在庫の山となっているのだ。

「大丈夫だよ。監査さえ入らなければ、価格が上がったところで処分すると言ってるから……」

池畑は仁と神田の居酒屋で何度も秘密裏に会って確認をしていたが、まったく埒が明かないでいた。

部長の顔を見ながら池畑は訊ねた。

「アクロスＮＦの業績がおかしいということですか？」

部長は頷いた。

「マニラ支店が言うには帳簿上は問題ない。だが、君が追加で出した二十億がちゃんと目的通りに使われていない可能性がある」

池畑が全て話そうとした時だった。突然、部員のひとりが応接に入って来た。

「部長、武漢の人間から緊急連絡です。新型の感染症が広がっていると言ってます」

部長は直ぐに対応すると、出て行った。

「お終（しま）いだな……」

一人残された池畑は呟いた。

そうしてアクロスＮＦに関する臨時査察会議の開催が年明け早々に決まった。

第六章　地獄での神風

大晦日、池畑大樹は青山仁を誰もいないオフィスに呼び出した。

「もうお終いだ！　俺も、お前も、全てお終いなんだよ‼　分かってるのか？」

ビジネスフロアーの壁面に光る世界時計、Tokyo の時刻は十六時十六分を表示している。

思いつめた表情でそう迫ってくる池畑の顔を見ながら、仁は思った。

（こいつイケメンなのに切羽詰まると漫画みたいな顔になるなぁ）

そうして二人は飛び降りて死のうと決めた。

「お前の愛の遍歴から永福商事に入って、そのお前と心中かよ。俺の人生は一体何だったんだよ！」

嗚咽しながら話す池畑を、仁は少し申し訳なさそうな表情で見詰めて呟いた。

「人生ねぇ……商社マンの人生、なんとかなるんじゃないか？　別に俺たち悪いことをしたわけじゃないんだしさぁ」

仁が脳天気な口調で言った。

池畑は泣きながら、「お前は馬鹿(ばか)か!」と叫んだ。

大手町にそびえる高層ビル、NFタワー三十六階。大晦日の広いフロアーにはたった二人しかいない。NFタワー〔Naga-Fuku Tower〕は、総合商社・永福商事〔Naga-Fuku Corporation〕の本社ビル。

非常脱出用の扉が仁の手で開けられて警報音が鳴り響き、冷たい風が勢いよく流れ込んできている。

「現地へ調査チームが送られるのが二月後半って言ったよな」

仁は池畑に訊(たず)ねた。

池畑は小さく頷(うなず)いた。

仁は扉を閉めた。静けさがフロアーに戻った。

そこへ警備員が走って現れた。

「どうされました?　非常用扉の開放が表示されてたんですが?」

仁は笑って言った。

「申し訳ありません。誤って開けてしまって……なかなか閉まらなくて焦ってたんですが、ようやく今閉まりました。ご足労をお掛けしてすいませんでした」

そうですかと警備員は扉をチェックしてから戻って行った。

「死ぬんじゃなかったのか?」

池畑が俯いたままそう仁に訊ねた。

「まぁ、慌てるな。簡単に飛び降りられるのは分かったんだ。それより……」

仁は端末でニュースをチェックした。

「このさぁ、武漢で発生した新型肺炎っていうやつは、これってこっから大変なことになるんじゃないか？」

エッと池畑は顔をあげた。

「感染症だろ？　アジアで蔓延する可能性が大きいとすれば、フィリピンへ調査チームなんて送れなくなるだろ？」

池畑は我に返った。

「これさぁ、まだ俺たちに時間が残されてるってことになるんじゃないか？」

死ぬ決心をしていた池畑は、その仁の言葉で奇妙なほど落着きを取り戻した。

仁は風で床に飛ばされた書類を拾って回りながら言った。

「死ぬのは今でなくてもいいんじゃないか？　今日はこれで帰ろう。来年になって状況がどうなるかを見定めてから考えないか？」

その言葉で池畑は妻の真由美と娘の真樹と過ごす正月の光景が浮かんだ。

「……」

暫く考えてから池畑は声を絞り出した。

「そうだな……雑煮を食べてからでも死ねるもんな。一旦死ぬと決心すると恐いものがなくなった気がする。お前の言う通り俺たちに時間が残されたのかもしれないしな」

仁はその言葉に頷いた。

新型肺炎は日本では新型コロナウイルスと呼称されるようになった。

二〇二〇年一月のうちはまだ対岸の火事だったが、二月に入ってからは国内でも感染者が広がりをみせ、大きな問題と捉えられるようになった。

永福商事ではあらゆる事柄より、新型コロナウイルス対策が最優先とされた。

世界各国が外国人の入出国を禁じる措置に出て、海外出張は全て無期延期となり、仕事も原則リモートで行う事とされた。

フィリピンのアクロスNF問題は責任者であった青山仁と、二十億円の追加投資を決めた池畑大樹の二人への聞き取りだけが行われていた。

死を覚悟した二人は何故か妙に腹が据わっていた。

「現地に行って調べないと絶対に分からない。それまでにリン鉱石の相場が戻れば大丈夫だ」

仁のその言葉に池畑は大胆にも乗っていた。

「死なばもろとも」

二人に対する聞き取りで、池畑はアクロスNFに出向いての自身の調査と投資決定までの正当性を主張した。

東京で調べることには限界がある。

アクロスNFの社会貢献実績がグレーな部分を限りなく白に見せる。そこには仁のプレ
ゼンテーション力もあった。

(こいつこんなに説得が上手かったのか)

池畑が横で聞いていても、仁からの真摯な熱意が伝わって体が熱くなってくる。

元々仁は、アクロスNFの従業員とその家族、そしてその共同体のためにやったことだ。

(そこには一切の私心もない)

だが帳簿の改ざんや会社資産の流用は許されることではない。

(ばれたら二人とも背任で懲戒処分は絶対に免れない)

東京で組成された調査チームは、本来的な業務がコロナの影響で進捗に支障が出ている
為に、出来れば早めにこの問題を切り上げたいと思っている様子がありありとしている。

(時間が俺たちに味方してくれるか?)

池畑はそれだけを考えていた。

「あんた大丈夫かいな?」

真由美に言われて池畑は我に返った。

テーブルの上のすき焼きの鍋がぐつぐつ煮えている。箸を持ったままぼおっとしている池畑を見かねて、真由美が訊ねたのだ。

「これまでずっと聞かんとこと思てたんやけど、あんたホンマにずっとおかしいで」

池畑は真由美に心底申し訳ないと思っていた。商社マンの妻として本当に良くやり、池畑が仕事で悩んでいると思われる時にはドンと構えるようにしてくれていた。

真由美は池畑がかなり追い込まれていると思っていた。大晦日に「会社に行ってくる」と池畑が出て行く時、何事もないかのように「気いつけて。早よ帰ってや」と送り出したが、気が気でなかった。池畑が無事に戻って新年を迎えた時にはホッとした。

池畑もそんな真由美のことを十二分に分かっていた。それだけに辛かった。

しかし、大晦日の一件以来、自分でもどこか吹っ切れた。それは真由美にも伝わっていた。しかし、時折ふと我を忘れて考えてしまう時があるのだ。

真由美は訊ねた。

「仕事、大変やったんやろ？　まだ大変なんか？」

池畑は笑顔を作った。

「大丈夫だよ。危なかったのは事実だが、なんとかなりそうだ」

まだどうなるか全く分からないが、真由美にはそう言って安心させようとした。

「心配してくれてるのは分かった。でももう大丈夫だよ」

真由美は、そうかと言うだけでそれ以上は訊ねようとしなかった。

すき焼きに箸をつけながら、池畑はふと、仁はどんな生活をしているのだろうと考えた。

(あいつは確か……奥さんは働いていて子供は小学生の筈だよな)

自分に娘が出来て、家族というものの次元が変わったように池畑は感じていた。

(大事なその家族を捨てて死のうとした……俺は本当になんて奴だ!)

自分に死を決意させた仕事というものを、池畑は一体何なのかと思った。

肉を口に入れると甘さが広がる。真由美の実家の食堂の味だ。すると何だか心が軽くなった。

「君の実家の味だよね。このすき焼き……」

真由美は笑った。

「私が作るもんは全部大阪の味や。あっ! そや、言うとこ。大阪ではすき焼きは父親が作るもんやねんで。今度はあんたが作ってや」

そう言われて池畑は驚いた。

「何故? どうして大阪ではすき焼きは父親が作るの?」

真由美は少し考えた。

「すき焼きはハレの食べもんやろ。それを作る、仕切るんは家長の務め……そういうとこから来てるんやろな」

なるほどと池畑は頷いた。

「やっぱり大阪は食べ物にはこだわりがあるんだな」

ふと池畑は思った。

「でもうちではすき焼きは豚肉だったなぁ」

エッと真由美は驚いた。

「嘘やろ？」

その真由美に池畑の方が驚いた。

「本当だよ。普通のすき焼きは豚肉で、特別な時は牛肉。そういう時は『今日は牛のすき焼きだよ』とお袋が言ったもんだよ」

ハーっと真由美は呆れたという声をあげた。

「豚のすき焼きなんか考えられへんわ」

真由美はそう言いながらこういう会話が出来るようになったことが嬉しかった。

「お父さん、商社マンと学校の先生はどっちがえらいの？」

仁は息子の悟にそう訊ねられた。

アクロスＮＦ問題の解明が新型コロナウイルスで先延ばしにされ、仁は息をついていた。

週末に家で夕食を作っている時だった。

妻の美雪はずっとコロナ休校なのに、仁の食事当番の負担は変わらず据え置かれている。

「お母さんは休んでるのにお父さんはご飯作ってるから、学校の先生のほうがえらいんだね」

それは違うよと仁は苦笑いをした。

「うちは特別なんだ。お母さんはゴジラだからな」

あぁと悟は納得したようになった。

「そうか！　お母さんがゴジラだからかぁ……」

仁はカレーに入れるニンジンを切りながら、そんな美雪で助かっている自分を思った。

(俺が日本に戻って三人の生活に戻ってもマイペース。お陰でこっちが大変でも家族に気を使わなくて済んでいる。だけど……)

あの時に死んでいたら美雪はどうしただろうかと思った。

そして悟に訊ねた。

「なぁ？　お父さん死んだら悟はどうだ？」

エッという表情をして悟が硬直した。

「お父さん……死んじゃうの？」

仁は笑いながら首を振った。

「違うよ。例えばの話だよ」

悟は悲し気な表情になり小声で言った。

「ゴジラと二人は嫌だよ。お父さん、絶対に死なないでよ」

仁は「絶対死なない」と微笑（ほほえ）んだ。

そして家族はいいものだとつくづく思った。

二〇二〇年は世界が一変した年となった。

殆（ほとん）どの経済活動が春から停止し、各国都市はロックダウンとなり日本も四月に緊急事態宣言が出された。

前年に肥料部第一課長となった青山仁は、リモートワークが大半になり自宅パソコンで資料を読み、時間になると課の部下たちと話し合って仕事の進捗を確認し指示を出す。

妻の美雪は勤める中学校が休校になっている為に、今後どうカリキュラムを進めていくかを自宅で練っている。

そして息子の悟も家にいる。

「こんなに家族と一緒の時間を過ごしたことはなかったよなぁ」

長く海外での単身赴任生活だった仁にとっては、異次元のように思える。だが人間は環境の動物で直ぐに慣れてくる。

アクロスNFの件が取り沙汰されなくなって暫く経ち、仁の緊張感が薄くなってきた頃、フィリピンのアクロスNFの社長から電話が掛かってきた。

「ミスター青山、グッドニュース！」

仁はリン鉱石の在庫が上手くキャッシュ化出来たのかと思ったら、そうではなかった。コロナでフィリピン国内の貨物の移動が停滞し、コンテナ船の停泊の為にアクロスNFの〝組合〟が漁業権を得た工場沿岸を借り受けたいと、政府が言ってきたと言うのだ。

それも日本円で年間十億だと言う。

「ミスター青山には迷惑が掛けられないから、この資金をアクロスNFに付け替える。一年間は養殖に着手できないがもう大丈夫だ」

仁はホッとして体から一気に力が抜けた。

これでアクロスNFは危機を脱した。

仁は直ぐに池畑大樹に連絡した。

「そうかぁ……」

池畑も大樹と同様に一挙に全身から力が抜けた。

「神風が吹いたようなもんだな」

仁がそう呟いて池畑はエッと思った。

「神風、カミカゼ……まさにそうだな」

「お前ら会社を舐めとったらあかんぞッ‼」

高井は真剣な表情で叱った。

仁と池畑は専務の高井に呼び出しを受けた。

「コロナでアクロスＮＦへの調査チームを送られへんのをエエことに、知らぬ存ぜぬを通してたら、なんとかなると思てたんちゃうんか？」

図星を指され二人は震えた。

「わしが個別にマニラ支店の人間に徹底的に調べさせてた。そしたら、完全に会社資産の流用と帳簿の改ざん、それに追加出資金の流用まで……完全な背任やないかッ‼」

高井は怒鳴った。

「⁈」

次の瞬間、池畑は驚いた。

突然、仁が土下座したのだ。

「高井専務の御明察の通りです‼　全部私がひとりでやりましたッ、池畑を騙しました。申し訳ございません！　この通りです‼」

そう言って頭を床に擦りつける。

池畑もその仁の隣に正座し高井に向かって言った。

「私も共犯です。青山がアクロスNFを核に社会貢献を行っているのを見て、追加出資の一時的流用を知りながら、経営企画部には報告せず結果として欺くことになりました。立派な背任です」

そう言って頭を下げた。

「……」

高井は暫く無言で、頭を下げ続ける二人を見ていた。

土下座しながら仁が言った。

「専務、ですが池畑を利用して流用した十億は、既にアクロスNFに戻しております。永福商事に損害は一円も出ておりません」

高井は怒鳴った。

「阿保ッ‼ 結果でもの言うなッ‼」

仁と池畑は口を揃えて、「申し訳ございません‼」と大きな声であやまった。

「お前ら……二人とも馘や」

高井は冷たく言い放った。

「然るべき処分が下るまで人事部付きにする。明日辞令を出す」

仁も池畑もその言葉を聞いて、ただ頭を下げ続けるだけだった。

「人事部付き？　あんたなんかやらかしてたんか？」

妻の真由美に辞令の話をして池畑は全てを語った。

「あぁ……そらあかんわ」

真由美は笑った。

「馘はしゃあないな」

あっさりそう言う真由美に池畑は力なく笑うしかなかった。

「まぁそれでも現地従業員の利益を考えてのことやったんやろ？　あんたのやったことは会社から見たら背任やけど、もっと大きなとこから見たらエエことやんか」

その言葉に池畑は驚いた。

「しゃあない。大阪帰って二人で千日前の店、一緒にやろ？　それしかないやろ？」

池畑は笑顔でそう言う真由美に、ありがとうと涙ぐんで頭を下げた。

「なにっ？　あなた馘になるの？」

美雪は仁に会社で人事部付きになったという話を聞いてそう訊ねた。

そして仁は顚末(てんまつ)を語った。

「ふぅん……よく分からないけど、あなたは別に悪いことをしたわけじゃないんだね？会社に損害を与えた訳でもないし？」

仁はその通りだと言った。

「それでも、懲戒免職となると退職金は出ないね？」

仁は頷いた。

「まぁ、良かったじゃない。私がちゃんと働いてて。大丈夫だよ。仕事は何か見つければいい。それまでは私の稼ぎであなたと悟を養うから」

ありがとうありがとうと、仁は涙を流しながら何度も頭を下げた。強い女を妻にしていたことを、仁は本当に有難いと思っていた。

仁と池畑が人事部付きになって一週間後、再び高井に二人は呼び出された。

「いよいよ磔(はりつけ)・獄門のお沙汰が下るな」

池畑は役員室への廊下を歩きながら仁にそう言った。

仁は首を捻(ひね)った。

「子供の頃の時代劇でよくその台詞(せりふ)を聞いたけど、磔・獄門って具体的にどうなるんだ？」

磔にされて槍(やり)で殺されてから首が晒(さら)されるってことだと池畑は笑った。

「懲戒免職って……そういうこと？」

まぁそうだと池畑は今度は苦く笑った。

「失礼します」

二人は高井専務の部屋に入った。

「おう、来たか」

そう言って高井は応接用の椅子に二人を促した。役員の部屋のレイアウトはどう座ってもソーシャルディスタンスが取れる距離だなと、仁は何故か冷静に思っていた。

二人は座るとマスクを取ってポケットに入れた。

高井はどっかと二人の前の椅子に座った。

「お前ら自分のやったことは分かってるな？」

二人は頷いた。

「馘になっても、懲戒免職を言い渡されても文句は言わんな？」

また二人は頷いた。

「そうか……そうやわな」

そう言ってから暫く高井は黙った。

「そやけど、神風が吹いてくれたお陰で永福商事には実害がなく済んだ。そうとも思てるやろ？」

二人はじっとしていた。

「コロナのお陰でコンテナ運航の混雑がお前らを救うた。フィリピン政府が工場沿岸の権利を借りてくれたお陰で助かった。まさに神風が吹いたちゅうことやが……」

神風という言葉に仁も池畑も反応した。

「なぁ、青山。これが二度目の神風や。どういうことか分かるか？」

エッと仁は考えてみた。

「アッ！」

あのアブドーラ・ザ・ブッチャーのような政商アルハンドラの脅しを大統領を動かして止めてくれた時も、神風という言葉を高井が使ったことを思い出した。

一方、池畑はサミュエル・マクニールとコンタクトを持った永福商事神風班の男のことを思い出した。

「今回も神風が吹いた。いや、吹かしたということや。同じ人が神風を吹かしてくれたんやで」

二人はその言葉に驚いた。

「どういう意味ですか？」

仁がそう言うと池畑が続いて訊ねた。

「来栖……来栖神風ということですか？」

高井は何も言わず胸ポケットから紙片を取り出した。

それは辞令だった。

高井は仁と池畑の前に置いた。

それは懲戒免職の辞令ではなかった。二人とも同じ部署への異動を命じられていた。

「死ぬ気でやって貰うで」

――青山仁、社長特命班勤務を命じる。

――池畑大樹、社長特命班勤務を命じる。

「社長特命班？」

二人は顔を見合わせた。

「三十年ぶりに復活した〝神風班〟や。せいぜい気張ってやぁ」

◇

「この辺りだと思うけどなぁ」

金曜日の午後、青山仁と池畑大樹は馬喰町の繊維街を歩いていた。

「そこは戦前、福富江商が東京進出する際に、東京支店を置いた由緒ある建物や。〝神風班〟発祥の地で頑張って貰うで」

専務の高井からそう言われて二人は向かうことになったのだ。

「これ……じゃないか？」

池畑が古いビルの前で立ち止まった。

「エッ?!」

御影石と大谷石が組まれたアールデコ建築で、真鍮製のプレートが嵌め込まれている。

「福富ビルヂング。有形文化財指定建築物……これかッ！」

池畑は間違いないと言って中に入る。

「エレベーターないぞ」

二人は大理石の階段を歩いて上がった。

「まさに昭和だな」

池畑はどこか嬉しそうだ。

「人の気配がない……。幽霊ビルじゃないか。嫌な予感するなぁ」

仁は顔をしかめた。

そうして最上階、四階の磨りガラスの窓がついた扉の部屋のインターホンを押した。

現れたのは仁たちより少し年上に見える女性だった。

「青山さんと池畑さん？　どうぞ」

そう言って二人は応接室に案内された。

「まさに昭和だな」

二人きりになって応接室を見回し池畑がまた呟いた。

中の椅子や調度品が年代物だ。

直ぐに年配の男性が先ほどの女性を伴って現れた。

「あっ？　君たちお茶要ります？」

白髪を短く整えた、まさに昭和の背広姿の男性がそう訊ねた。

「いえ、お気遣いなく」

池畑がそう言うと、「うちはセルフサービスですから飲み物は自分でお願いします」と男性は笑った。

そこからそれぞれが自己紹介した。

年配の男性は和久井貞雄（わくいさだお）といい、社長特命班長、女性は稲山綾子（いなやまあやこ）、班長代理だった。

和久井は定年退職の予定だったのが、顧問として再雇用され、今回のポストに就いたといい、稲山は総合管理部からの異動だった。稲山の年次は仁たちの三年上になる。

「肩書では君たち二人は一番下っ端ということになりますが、ここではそんなことは関係ありません。全員が社長特命班員です」

和久井がそう言い終わると、稲山が二人の名刺を渡してくれた。名刺は二種類あった。

「こちらが社内向けの名刺です」

そこには社長特命班と記されている。

「そしてこちらが社外用の名刺です」

それを見て二人は驚いた。

「本当に〝神風班〟……なんですね？」

名刺の表には神風班、裏の英語表記は Winds of God Division となっている。

池畑は和久井に言った。

「実は以前アメリカで、Winds of God Division の名刺を見たことがあるんです」

ほうという表情をしてから和久井は言った。

「三十年前に存在したという永福商事神風班。それが何をして、誰がいたのか……知っている者は殆どいません」

仁がその和久井に訊ねた。

「班長は神風班にいらしたんですか？」

和久井は、さぁどうでしょうかと、微笑むだけで答えようとしなかった。

池畑がアメリカでの名刺の話をさらにしようとすると和久井に遮られた。

「それより今の神風班の話をしましょう。これは社長特命班という正式名称が示す通り、社長直轄セクションであるということです。私は社長からこの班が何をするのか、指示を受けている者です」

柔和な表情ながら強い口調で言う和久井に皆は耳を傾けた。

「先ずここに集められた三名、皆さんは大変優秀だということを申し上げておきます。小さな所帯ですので、最初にハッキリと申し上げておきますが、青山さん池畑さんのお二人は優秀過ぎた故に勇み足をやってしまい懲戒免職になってもおかしくなかった。そうですね？」

それに対して池畑が「優秀かどうか分かりませんが、勇み足は事実です」と言い、仁も神妙に頷いた。

和久井は次に稲山に訊ねた。

「稲山さんは昨年米国ＭＩＴでＭＢＡを取得して、総合管理部に配属になったのですよね？」

仁も池畑も度肝を抜かれた。総合管理部は役員への登竜門であり、中でも経営学修士号の取得者は出世頭だ。

（超エリートじゃないか！）

稲山は理知的な面立ちの美人だが、どこか暗い雰囲気がある。

その稲山は薄く微笑んで言った。

「私も勇み足をやりました。懲戒免職になるほどのガッツはありませんでしたが……」

仁と池畑は一体何だろうと思った。

和久井がその稲山に微笑んで言った。

「あなたは総合管理部に配属されて直ぐ、ＭＢＡを十二分に活かした長大なレポートを提出した。その内容が……勇み足だったということですね？」

稲山は頷いた。

「その通りです。『総合商社不要論』を提出したのですから……」

仁と池畑は驚いた。

和久井が「過激ですね」と笑うと、稲山は「事実ですから」と涼しい顔をする。

（凄い先輩だな）

仁も池畑もそう思った。

「さて」

和久井が三人に向かって姿勢を正した。

「社長から告げられたこの班の目的を今から言います。そうすればお三人が配属された理由は分かる筈です」

そこからの和久井の話に三人は驚愕する。

週末、池畑は真由美と娘の真樹と三人で目黒の林試の森公園を散歩していた。

「東京は大阪に比べるとホンマに緑が多いな。子供が出来るとそれが有難いわ」

真由美は真樹を歩かせながらそう言った。

「誠だと思ったら、意外な仕事をやることになったよ」

明るい表情で話す池畑に真由美はそうかとだけ言った。

これまで真由美は池畑が仕事で追い込まれていると思える時には、ドンと構えるだけで何も訊かなかったが、今回は安心して訊ねた。

「どんな仕事すんの？」

池畑が語った社長特命班というのは真由美も聞いたことがない。

「良く分からないんだけど……これまでの永福では絶対に出来なかったことをやる、ということみたいだ」

ふうんと真由美は言った。

「エエんちゃう。あんたはエリートなんやから。なんでも出来るんちゃうの？」

そんなことないよと池畑は笑った。

「でも、なんだか面白そうなんだ」

そう言う池畑の顔を見て真由美は安心した。

「お父さん、今晩またカレー作ってよ」

週末の朝、悟にそう言われて仁は悪い気がしない。

「作ってあげたら？　あなたやっと生きてるって感じが戻ってきたし。美味しいカレーが出来るんじゃない？」

美雪に言われて仁はドキリとした。

（お見通しだな）

懲戒免職を覚悟していた自分が、起死回生で大きな仕事に関われるのが嬉しくて仕方ない。

「神風班……」

そう呟くとやる気が湧いてくる。

あの古いビルの中での社長特命班長、和久井の言葉を仁は思い出した。

「永福商事を解体します」

仁と池畑、稲山の三人は、和久井が何を言ったのか分からなかった。

仁が呆けたような顔で訊ねた。

「班長、今なんとおっしゃいました？」

和久井は真剣な顔つきで言った。

「永福商事の解体。社長が授けたこの班のミッションです。冗談でも比喩でもありません。社長は本気で考えてらっしゃいます。その為に永福の枠にはまらない人材が神風班に集められた。社長は大変な危機感をお持ちです。この危機は三十年前と同じだと……」

その和久井の表情は厳しいものだった。

◇

週明け、和久井貞雄は青山仁、池畑大樹、そして稲山綾子の三人に対して神風班のキックオフミーティングを行った。

そこでまず披露されたのが『総合商社不要論』だった。

「皆さんは総合商社というビジネス存在を改めて考えたことがあるでしょうか？　現在その企業形態として日本特有のもののようになっていますが、前世紀には英国のジャーディン・マセソンやインチケープなど大小様々な商社が存在し、多国間で多角的な事業展開を行っていた。しかし、二十一世紀にはどれも姿を消してしまい……そして？」

稲山と目が合った池畑が答えた。

「そして日本の総合商社だけが残った？」

稲山は頷いた。

「それって結局、日本の総合商社に圧倒的国際競争力があったということじゃないんですか？」

仁が脳天気な顔つきでそう言うと、稲山は冷たい微笑を返した。

「その認識が全くの間違いであるというのが、私の論文の結論です」

仁は驚いた。

「英国にあった総合商社は皆、一九八〇年代以降姿を消すか形態を変えていきました。食品メーカーとなるものや不動産会社になるものなど……専業化していったのです。それはそこにあるものの力があったからです」

皆は稲山の説明に聞き入っていく。

「英国の商社が消えた理由は、強みのある事業分野や地域以外での投資の失敗、それと英国の金融ビッグバン、金融規制緩和による資本市場の急拡大、それに伴う株主の力の強まりにありました」

それを聞いた池畑が言った。

「株主による商社収益に対する目が厳しくなり、選択と集中を迫られたということですね？」

その通りですと稲山は言った。

「じゃあなんで日本の総合商社は今もあるんですか？」

仁が面白くなさそうに訊ねた。

稲山はそこには大きく二つ理由があると言った。

「〝運〟と〝甘やかし〟の二つです」

仁と池畑はエッとなった。

そうして稲山は次に統計表を皆に配った。

そこには日本の全商社の部門別収益の分析が記されていた。

それは仁や池畑など典型的日本の商社マンが目を瞑(つぶ)ってきた〝不都合な真実〟だった。

商社で働く人間、いやどこで働く人間も同じだが、自分たちの働きの場のあり方を〝数字〟という客観的指標だけで、計られ、比較され、評価される相対化を嫌う。

「自分たちは常に一生懸命働いている。その〝働きの場〟は絶対的なものだ」

そういう意識を心の裡(うち)に皆持っている。

自己否定につながる〝不都合な真実〟は凝視することは出来ない。

「死と太陽は見つめることは出来ない」

ロシュフーコー公爵の箴言(しんげん)は、人が自ら懸命に働く場にも当てはまる。生きる為に懸命に働く場の否定……死に繋(つな)がるものは避けようとする。

商社マンは入社して配属された部門で、ほぼ全員がその職業人生を終える。

機械部に配属されれば機械屋で終わり、肥料部に配属されれば肥料屋で終わる。

「総合商社という集合的企業体の中で、自分たちの部門がどんな存在なのか？」

そんな疑問を持つことなどない。

仁が稲山に問うたように、「日本の総合商社はどうしてずっとあるのか？」などと考えたこともない。実際ずっとあり続けてきたからだ。それどころか日本の総合商社は永福商事の他多くの商社が、二〇一九年度には過去最高益を更新している。

「あり続けているだけでなく、ちゃんと利益を出している」

そう仁たちも思っている。

しかし、稲山は冷徹に総合商社というものを分析していた。

「まず〝運〟について、この統計表を見て頂ければお分かりになると思います」

仁も池畑もそこにある〝不都合な真実〟から目を背けるわけにはいかなかった。

そこには日本の総合商社が、一九六〇年代から国策の一環として行って来たビジネスが際立っていることが記されていた。

「何で総合商社が儲けているのかはこれで一目瞭然だと思います」

そこには、国内に資源を持たない日本が安定調達を目的とする投資、国策として行われてきたことが、大きな収益を生むことになった結果が示されていた。

「二〇〇〇年以降から始まった資源バブル、これが総合商社の収益の源泉です。資源部門から得た収益を使って、非資源部門で様々な買収を行うという経営構造はどこの商社も似たり寄ったり。それでどの総合商社も資産は膨れ上がった。しかし、儲けの大半は資源からで他は大したことがない。その上、旧来の商社ビジネスであるモノを動かしての口銭商売はどんどん利幅が薄くなった。結果として全体の収益性は落ちていく一方、非資源部門への投資はそれに見合うだけの十分なリターンを生んでいないからです」

仁は反論した。

「僕はフィリピンで、それまで利益の出なかった肥料メーカーを経営し、しっかり利益を出せるようにしましたよ」

稲山は素晴らしいですねと微笑んだ。

仁はその言葉と表情に少し嬉しくなったが、そこからの稲山に唖然とする。

「当社が利益の出るメーカーを経営出来たことは極めて稀なことです。ですがその利益の額は？　資源部門の百分の一ですか？　千分の一？」

仁は何も言えない。

だが稲山は、自分が素晴らしいと言ったことは皮肉ではなく意味があると付け加えた。

「アクロスＮＦは私も調べました。そこにはＳＤＧｓの理想があります。その意味で総合商社の未来形に沿ったものだと思っています」

そこで池畑が言った。

「未来形ということについては、まだまだ議論が必要だと思います。資源部門の莫大な収益が偶然得たもの、つまり〝運〟だったということは分かりました。では次の〝甘やかし〟というのはどういうことなのでしょうか？」

稲山は頷いた。

「非資源部門や旧来の商社ビジネスから大した儲けが出ていないにもかかわらず、多くの人材や資本を配分し続けていること……そこに焦点を当てなくてはなりません」

池畑はアメリカのシャーロットでの苦い経験を思い出した。

何の勝算もない中、独りもがき苦しみながら頑張ったが結果は出なかった。だがその間、きちんと給料もボーナスも出て、駐在の為の予算もかなりの額が付けられ続けた。池畑のシャーロットでの四年の間、永福は赤字を垂れ流し続けていたということだ。

稲山はそこを指摘して来た。

「池畑さんのこれまでのお仕事も精査してみました。もうお分かりですよね？　永福商事としては池畑さんのアメリカでの繊維機械販売の後押しにどれほどの投資をしてきたか？　そんなもの大した金額ではないと言えばそう言えなくもありません。しかし数多くのそんない、なものの相似形パーツで、日本の総合商社は出来上がっているとすれば、大きな問題だということです」

稲山は明確に言った。

「英国の総合商社は消えたのではなく、株主が消したのです。株主という存在が総合商社という中途半端な事業体にノーを突きつけた。それによって企業として存在を続けることが出来なくなったのです」

池畑は言った。

「日本は株主が日本の総合商社を甘えさせているということですか？」

少し違いますと稲山は言った。

「企業を支えると同時にそのあり方を監視するのは金融です。日本には日本の金融事情という世界とは異質のものがありました。絶対的に銀行の力が強く、株式市場は弱かった。しかし、銀行は貸したカネが戻って来ることだけを注視し、企業の成長を裏付ける収益性には関心を払ってこなかった。そこには欧米の資本市場が求めるような、成長への厳しい視線に晒されるガバナンスがなかったのです。ですからゾンビ企業や儲けの出ない事業の寄せ集めの総合商社も、解体されることなく生き残ることが出来たのです」

仁も池畑も、稲山の説明にぐうの音も出なかった。

続いて和久井が言った。

「今、稲山さんが説明した状況に、永福商事で最も危機感を持っておられるのが来栖社長です。私はその社長から命を受けてこの神風班を任された。しかし、私は指示待ちで仕事はしません。プロアクティブに動くつもりです」

そう言って立ち上がると一旦会議室を出て、直ぐにファイルを持って戻って来た。

仁と池畑、そして稲山の分、同じファイルが用意されていた。

「暫く席を外します。皆さんでそのファイルを読んで永福商事の全てを知って下さい。その上でこの神風班が何をすべきか、議論をしたいと思います」

そう言って出て行った。

「なんだ？　これは一体？」

三人は早速ファイルを読んでいった。

「し、社長は……来栖社長はこれまでこんなことを⁈」

全員が読み進めて息を呑んだ。

それは永福商事の裏面史だったのだ。

◇

一九八九年一月七日、和久井貞雄はニューヨーク・マンハッタン四十二丁目にあるホテル、グランドハイアットでテレビを見ていた。

「えっ……」

CBSイブニングニュースのアンカーマン、ダン・ラザーの口から天皇の崩御を知った。

その時、部屋の電話が鳴った。

「時代が変わるな」

出ると直ぐ相手がそう言った。

「あぁそうだな。ここからどうなる？　ジャパン・アズ・ナンバーワンは続くのか？」

和久井がそう言うと相手は笑った。

「日本は高転びに転ぶ。花見酒の強烈な二日酔いで大変なことになるだろうな」

相手の言葉に和久井は皮肉屋のお前らしいと苦笑して呟いた。

「それで？　俺をわざわざニューヨークまで呼び出したのは何の話だ？」

和久井が訊ねると、相手はウォルドルフ・アストリアのバーで待っていると言う。

随分良いホテルにいるんだなと訊ねると、訳は後でとはぐらかす。

「グラセンからぶらぶらするには丁度いい距離だ。昭和を回顧しながら来いよ」

「三十年ちょうど……生まれて三十年で昭和が終わるのか」

和久井はそう呟きながら、パークアベニューに向かって歩いた。一九五九年の早生まれ、永福商事に入って八年目を迎えようとしていた。

今はシカゴ支店で、日本の電器メーカーが作ったカーオーディオセットをアメリカの自動車会社の純正品として納入する仕事を担当していた。その和久井を呼び出したのが同期の来栖和朗(かずお)だった。

「ニューヨークへの出張経費はこっちが持つから……」

来栖は前年から総合管理部に配属された同期の出世頭だ。世界各国を飛び回り、様々な案件を手掛けているという噂(うわさ)だった。

豪奢(ごうしゃ)なウォルドルフ・アストリアホテルの聳(そび)えるようなエントランスの天井を見上げな

がら中に入り、バーを見るとカウンターで来栖は待っていた。

「ここのソルティー・ドッグは旨いぞ」

そう言うので和久井もバーテンダーに頼んだ。

「妙な感じだな。生まれてからずっと昭和という時代だったのが、変わるというのは」

そう言う来栖に和久井は頷いた。

「良い時代だったよな。俺たちは〝もう戦後ではない〟とされた昭和の三十年代に生まれて、日々豊かになっていくのを実感した。大阪万博にお前は行ったか？」

来栖は頷いた。

「堺に叔父さんがいて夏休みに行った。お前は？」

和久井は行けなくて悔しい思いをしたと言った。二人とも東京の出身、来栖は山の手の荻窪で和久井は下町の田端だ。そして二人とも東帝大の経済学部だが、和久井は一浪しているので年齢は上になる。

「その昭和が終わる。次の時代が俺たちの本当の時代だ」

来栖はそう言ってカクテルグラスに口をつけた。

「だけど良い時代じゃないいんだろ？ お前がさっき電話で言ってたように……」

和久井がそう言うと来栖は真剣な顔つきになった。

「このホテルには社長と一緒にいる」

　エッと和久井は驚いた。

「玄葉社長がニューヨークに来てるのか？」

　玄葉琢磨、政財界のドンとされ、帝都商事や日章物産など財閥系を向こうに回しても、一歩も引かず経団連会長を務めている。八十歳を超える年齢だが、その頭脳は永福の役員の誰よりも明晰とされ、胆力は亀のごとく。総理大臣も電話一本で飛んで来ると言われている。

「お前が玄葉社長の鞄持ちをしてるのか？」

　来栖は笑った。

「社長の偉いのは、今でも出張を独りでされるということだ。商社マンとしての矜持、体力とフットワークの軽さには恐れ入る。俺も東京から呼び出された」

　和久井は驚いた。

「俺は社長から直接命令を受けて動いている。総合管理部に属してはいるが、全ての指示は社長から受けている」

　和久井は再び驚いた。

「それで？　そのお前は今何をしてるんだ？　何故俺をここへ呼び出したんだ？」

　来栖は頷いた。

「社長は、今の日本経済を真珠湾攻撃に成功して湧きたった時と同じという認識を持たれている。異常な好景気は今がピークで、ここから一気に大変な状況に陥るだろうと……」

その来栖の言葉に和久井は違和感を持ったので反論した。

「今の経済状況は日本の製造業がその技術力、量産力で世界を圧倒してのことだ。確かに株式市場の上昇ぶりや円高は凄いが、それも国際金融の世界で日本の銀行や証券会社が力をつけてのことだろ？　そして我々総合商社の存在は世界中にそのメイド・イン・ジャパン製品を売りまくる強力な装置になっている。つまり総合力で日本経済は途轍もなく強固なものだということだ。社長の認識はあまりにもペシミスティックだと思うが？」

だが来栖は同意しない。

「社長はその日本を張り子の虎と見てらっしゃる。歴史の流れの中でほんの一瞬、張り子が大きく強そうに見えているがそうではないと……。日本は結局また太平洋戦争のような敗北をきっし、その後は三流国家に堕することになると予想されている」

和久井は笑った。

「確かに歴史の中で国家の栄枯盛衰は繰り返される。しかし日本が三流国になることはないだろう？　アメリカを経済規模で抜くことは出来ないだろうが、アジアの中でナンバーワンであり続けるのは自明のことだ」

来栖は首を振った。

「社長はこう言われた。『来栖君が永福商事にいる間に、日本は中国に抜かれ韓国にもその座を脅かされるようになるだろう』と……」

和久井は驚いた。

「俺たちが永福にいる間となると……三十年以内にそうなるということか？」

来栖は頷いた。

「日本人のあり方、そして日本の企業体のあり方に、社長は絶対的弱点を見出してらっしゃる。戦後日本の高度経済成長に資した日本の強みが全て弱みとなってしまう。それを社長は危惧されている」

和久井には分からない。

そこから来栖は社長の玄葉の言葉を語っていった。

和久井はその内容に圧倒されていく。

ヒト・モノ・カネの三位のあり方の普遍性を捉えながら日本人の特性……その論理的思考の枠組みと心理的基盤を読み解き、日本企業の成功とここから間違いなく起こる蹉跌を来栖は語る。

「ここから世界的に企業統治のあり方が急速に変わる。金融ビッグバン（大規模規制緩和）がもたらす株主からの圧力が、途轍もないものになると社長はおっしゃる。それが世界規模で企業のあり方を変えていくと……」

和久井にはピンと来ない。

「株主の圧力って、日本では総会屋ぐらいしかないじゃないか？」

まさにそこだと来栖は言った。

「総会屋はまぁ嫌がらせでカネを稼ぐ、セコい連中で大きな力を発揮することはない。日本の企業統治に関わるのは銀行だが、その銀行が今では融資を極大化させ企業の中身などを精査しようとしていない」

和久井は言った。

「まぁそれで儲かって、物凄い利益が出ているんだからしょうがないよな」

その言葉で来栖の表情が一層厳しくなった。

「馬鹿みたいな儲けの源泉が上昇を続ける資産市場だ。株や不動産の相場だが、社長はこれは泡沫(ほうまつ)相場だとおっしゃる」

泡沫？　と和久井は訊ねた。

「泡沫、あわ、バブルということだ。中身がないまま大きくなり、そして弾ける」

それは和久井にもイメージ出来た。

「社長は株や不動産の価格の暴落を予想されている。そしてその後にやって来る日本経済の長期的な低迷を前提に、永福商事の経営を考えてらっしゃるんだ」

この好景気の中でと……和久井は信じられないという風に首を振った。

だが来栖は真剣な目をしている。

和久井は訊ねた。

「それで？　本題に戻ろう。何故お前が社長に呼び出され、俺もここにいるんだ？」

その和久井に来栖は不敵な目をした。

「俺は社長に永福の経営のパラダイムシフトを手伝うように言われた。総合商社の概念を超える仕事を見つけろと」

来栖の言葉は和久井には分からない。

「そして『君が信頼できる人間をバックアップにつけろ』と言われ、お前を指名した」

和久井は驚いた。

「社長はおっしゃった。『これは若手にしか出来ない仕事だが、団塊の世代には任せられないと……。彼らは口では格好良いことを言うが肝心なところで逃げる。日和る。だからその下の世代にいる君を選んだ』とな」

中間管理職の世代を社長が信じていないということは、和久井にも分かる気がした。

「よく見てらっしゃるな。玄葉社長は……」

来栖は頷いた。

「俺たちに永福の再創造をやれということだ。その名も神風班として……」

第七章　総合商社不要論

青山仁と池畑大樹、そして稲山綾子の三人は神風班の班長、和久井貞雄から渡された秘密ファイル、永福商事の裏面史を読み終えた。

「永福商事中興の祖とされている玄葉琢磨、そして今の社長、来栖和朗はこんなことをしてきたのか……」

池畑が呟いた。

そこには現在の永福の収益の柱となっている資源・エネルギー部門ビジネスの確立、中東やロシアでの権益の獲得のために、どのように玄葉が関係各国の利害関係人とやり取りを行ってきたか、詳細に記されていた。

稲山が声を震わせた。

「玄葉元社長が、今の永福の収益の大黒柱を作った訳ですね。そしてそれを軸に来栖社長が他の柱や梁を作っていった」

仁は首を捻った。

「これによると玄葉という人は、八〇年代の後半に永福だけではなく、日本の全(すべ)ての総合商社、帝都商事、日章物産、加藤忠、丸藍を纏(まと)めてオールジャパンとして結集させ、世界のエネルギーメジャーに対抗する力にしている。日本の商社の資源・エネルギービジネスにこんな裏のカルテルがあったとは誰(だれ)も知らない」

稲山が頷(うなず)いた。

「凄(すご)いですよね。玄葉琢磨は『これは利他の思想の具現化である。それにより日本は国として真の資源確保が可能になる』として政官財を纏め上げてきた。永福で独占しようと思えば出来たのに、そうしなかった」

池畑も大きな感動を覚えた。

「玄葉は自分の力を永福ではなく、日本のために使うことを考えていたのか……」

その玄葉琢磨は一九九二年に亡くなっている。

だがそこから稲山が厳しい顔つきになった。

「ですが、その玄葉が作った収益の大黒柱に、日本の総合商社は何十年も寄りかかって生きてきた訳です。それ以外に大きな収益を生むビジネスを確立出来なかった。そしてバブル崩壊後も商社マンたちの高い年収は温存され続けた」

稲山の『総合商社不要論』はそこが最大の論点だ。

ファイルの頁(ページ)を繰りながら仁が言った。

「三十年前の神風班で今の来栖社長がやったこと。僕はその一端にイリノイで触れています。ジャック・ビンセントというトウモロコシ農家の親玉に、新品種のトウモロコシを来栖和朗はリスクを取らせて作らせている。『アメリカ人なら挑戦しろ』とジャックを挑発してやらせた。その言葉は自分に言い聞かせる言葉だったのか……。〝右から左にあらゆるモノを売り捌く〟という総合商社の概念を超えるもの、〝無から何かを創り出す〟という来栖のカミカゼが吹いていた」

池畑は複雑な顔つきになった。

「俺もアメリカで、来栖神風が徹底したリサーチを行っていたことを知った。アメリカの重厚長大産業の失敗から学ぶことで、新たなビジネスをどう永福で展開すればいいかを模索していたんだ。だがしかし、結局は商社マンの限界、総合商社という組織の限界にぶち当たっていたということか……」

ファイルには永福が取り逃がしたＩＴビジネスのことが記されていた。

稲山が苦い顔でそれに触れた。

「本当だったら永福がＧＡＦＡＭのようになっていたかもしれないとは……」

なんと永福は、九〇年代初頭に地図情報や銀行の顧客情報のデータ化ビジネスを行おうとしたり、農薬や農機具をまだ一般にはその技術が知られていなかったインターネットを使って販売しようとしていたのだ。

「商社マンは高度技術の専門家ではない為に、全てが中途半端に終わる形で挫折しビジネス化出来なかった。商社マンの限界がそこにあるということですよ」

稲山はそう言って溜息をついた。

池畑が「しょうがないですよ」と自嘲気味に呟いてから言った。

「商社マンは口銭商売が習い性になっているから、右から左に瞬時に動かして利益を得ようとする。じっくり時間を掛けて何か事業を大きくしたり専門家を育成するプロジェクト投資という発想が生まれない。手っ取り早く儲ける発想から外れることが出来なかった。そこにＩＴという新しい産業のコメを育てる土壌は無かった。商社マンの死角に二十一世紀の成長産業があったということですよ」

和久井が戻ってきた。

「如何です？」

皆は口々に、玄葉という人物の偉大さと来栖社長の頑張りと挫折、そして商社の限界を語った。

和久井は頷いた。

「稲山さんの『総合商社不要論』が正論だということがお分かりになったと思います。来栖社長は自分の限界も分かっていらっしゃいます。三十年前の神風班では、〝無からの創造〟を様々に試みたが、〝創造〟に必要な長い時間と投資の概念が商社には馴染まないと悟られた。仕方なく資源・エネルギー部門という大黒柱を頼りに、他の〝総合商社的な〟柱や梁を作ることを余儀なくされた。そこに社長は忸怩たる思いをお持ちです」

そこまで穏やかだった和久井が急に厳しい表情に変わった。

「この新しい神風班はその大黒柱を創造的に破壊します」

三人はその言葉に驚いた。

「永福商事の大黒柱、資源・エネルギー部門、つまり原油天然ガス事業部を解体させる。それが私の狙いです」

仁がその和久井に訊ねた。

「それは来栖社長のお考えなんですか?」

和久井は首を振った。

「まさか。来栖はそんなところまでは考えていません。二十一世紀の神風班を新たに作っただけ。永福で御払い箱になる寸前だったかつての神風班の生き残りを班長に据え、自分が社長の間になにか新しいものを創り出せたらと思っただけです。しかし私はそんな来栖を甘いと思っている。そして来栖には大きな責任がある。玄葉琢磨から託された創造的破壊をやれなかった責任が……」

その和久井の言葉は、社長の来栖と同期である自分を前面に出してのものだった。

稲山がファイルを見ながらその和久井に言った。

「和久井班長も来栖社長と共に、三十年前の神風班にいらした訳ですよね。共に神風班で働いた」

　和久井はなんともいえない笑みを浮かべた。

「来栖は別格です。同期ではありますが、あの男の洞察力と人心掌握力、プレゼンテーション能力と並外れた体力は、永福の歴史を見回しても匹敵する人材はいません。だから玄葉琢磨は来栖に託した。永福商事を、総合商社を創造的に破壊し、真の国際競争力を有する企業体にすることを……」

　しかし、と和久井は唇を嚙んだ。

「玄葉社長が亡くなった後、後任社長を中心とする取締役会は神風班が提案する創造的案件を全て却下していきました。そして神風班も解散させられた。来栖はそこで臥薪嘗胆を期しながら資源・エネルギー部門での永福のシェア拡大を目指した。ロシアの巨大天然ガス権益は来栖が取ったものです。ソ連崩壊の混乱の隙を突いた玄葉社長からバトンを受け取り、見事なディールを成し遂げた。玄葉社長のロシア人脈を独自の能力で活かし、他の誰にも出来ない仕事を来栖はやった。それが来栖を後に社長に就けた。皆さんがお読みになった通りだ。しかし……」

　和久井は厳しい顔を変えない。

「それでは駄目なんです。結局日本の総合商社は、稲山さんが分析した通り、資源エネルギー部門以外では儲けられない、中途半端な投資会社のようになってしまった。これではコロナ禍以降の世界で完全に埋没し、それが日本の没落に繋がってしまう」

皆は和久井が何がしたいのかが分からない。

和久井は不敵な目を光らせた。

「この神風班は来栖が作ったものです。社長特命班という印籠は強烈な力を発揮します。その威光を利用して社内テロを行います」

三人はエッと息を呑んだ。

「資源・エネルギー部門を解体させ、真に力のある総合商社に作り変える。人材はいるんです。宝の山のように優秀な人材はいる。眠っている能力を再生し再結集して、創造力を発揮させるにはこれしかない。コロナ禍以降の世界はＧＡＦＡＭさえ解体されるでしょう。独占が許されない時代が来る筈です。真に世界が求めている仕事を永福がリーダーシップを取って日本の総合商社をひとつに纏め上げる。そうして強力なビジネス集合体を創りあげて、あらゆる国々の企業と互角に戦う。米国にも中国にも再び経済でリスペクトされる国にする。その為に今の安住惰眠を許している資源・エネルギー部門を破壊する」

唖然とする三人に和久井は別のファイルを渡した。

「これは?」

奇妙な文章が並んでいる。

和久井が微笑(ほほえ)んで答えた。

「これは昔の永福商事が使っていた暗号文です。会話が盗聴されたり通信が傍受されたりする危険のある国にいる時、この暗号文を作って本社とやり取りをしたのです。一読すると奇妙ではありますが文章にはなっている。それを〝鍵(かぎ)〟を使って解読すると、本当の文章が現れる仕組みになっています」

稲山が文面を見て怪訝(けげん)な顔つきになった。

「ここに裏面史以上のことが？」

和久井は頷いた。そして三人に岩波文庫の夏目漱石(そうせき)『明暗』を渡した。

「これが〝鍵〟です。解き方は――」

そうして三人は手分けしその暗号文を三十分ほどで全て解読した。

「こ、これはッ?!」

こうして神風班が始動した。

◇

永福商事の全社員は、その一斉発信メールを読んで驚いた。

「社長特命班というのはこういうことをする組織だったのか……」

そこにはＡＩ導入による社内全部門の事業分析と、実施する社長特命班への全面協力への依頼が記されていた。それまで社長特命班が一体何をするのか誰も知らなかった。

原油天然ガス事業部長に、社長特命班からの連絡が入ったのはメールの翌日だった。

「社長特命班、班長代理の稲山です。明日午後四時に貴部とのミーティングを対面形式で行いたいと思います。お忙しいとは存じますが、部長、次長並びに全課長の参集をお願いしたく存じます」

原油天然ガス事業部長はその電話を受けて、リモートワークで自宅にいる次長と相談した。

「今日の明日でしょう？　随分急ですね。流石にお受けにならなかったんでしょう？」

次長は部長が難色を示したのだろうと思ってそう訊ねた。

「いや、社長特命からの指示は重い。直ぐに全課長に伝えてくれ」

そうして翌日、原油天然ガス事業部の全管理職と、社長特命班全班員とのミーティングが行われた。全員ソーシャルディスタンスを取ってのマスク姿だ。

冒頭、社長特命班長の和久井が言った。

「当班は永福商事の未来を託された班として社長の肝いりで設立されました。最初に貴部訪問となりました理由は、当社の大黒柱である貴部への表敬からと申し上げておきます」

その言葉で全員がホッとした。

（特に何か調べるということではないんだな……）

だがそこからの和久井の言葉に驚く。

「ＡＩによる各部の事業分析には何よりもデータ収集が重要になります。ここにいる三人、稲山班長代理以下三名を貴部に三週間常駐させて頂き、必要情報のデータ化を行わせますのでご協力願います」

それには次長が声をあげた。

「社内監査でも通常二週間です。三週間というのは長すぎます」

和久井は眉一つ動かさずに言った。

「今はリモートワークで社員の三分の一も出社してらっしゃらない状態ですね。データへのアクセスさえ許して頂ければ良いですし、貴部資料室の書類も我々の方で閲覧次第、間違いなく返却しておきます。三週間といっても貴部の皆さまにご負担はお掛けすることはないと思いますが？」

部長と次長は顔を見合わせた。

部長はしょうがないだろうという風に次長に頷き、次長も同意した。

「了解しました。いつからお始めになりますか？」

和久井は微笑んだ。

「今から始めさせて頂きます」

全員が呆然とする中、青山仁と池畑大樹が各課長に書類を配っていった。

「書類に記載されているのが必要資料の課ごとの一覧になっています」

かなり詳細なものになっているが、「全て用意できます」と各課長は答えた。

和久井はゆっくり頷いた。


一週間前のことだ。

「AIによる事業分析?」

神風班のミーティングで出た和久井の言葉に、稲山も仁も池畑も驚いた。

「ということにして、原油天然ガス事業部の内部調査を行います」

稲山は怪訝な顔つきになった。

「何のためですか?」

和久井は皆に解読させた暗号文書の内容に触れてから、不敵な笑みを浮かべた。

「この内容を公にする為です」

三人は驚いた。

「そ、そんなことをしたら永福だけでなく日本の総合商社が吹き飛びますよ!」

池畑が語気を強めた。

和久井は涼しい顔で応えた。

「言いましたよね？　原油天然ガス事業部を解体させるんだと……」

　その和久井に稲山が慌てて言った。

「そうとは言え、この情報が表沙汰になれば大変なことになります。来栖社長は辞任せざるを得なくなりますよ」

　和久井は何も答えない。

　暫く沈黙が続いた。

「社長特命班が社長を刺すなんて……ありえないでしょう？」

　仁が沈黙を破った。

　和久井は頷いてから全員の顔を見回した。

「皆さんは本気で永福商事の、総合商社の未来を考えていますか？」

　そして和久井は稲山に顔を向けた。

「あなたは『総合商社不要論』を書いただけで満足なんですか？」

　稲山はグッと詰まった。

　そして次に和久井は仁に話しかけた。

「青山さんはアクロスNFという小さなメーカーを成功させただけで良かったんですか？　それが永福商事の、商社マンの勲章だと喜んでいるんですか？」

　仁は何も言えない。

最後に和久井は池畑に言った。

「池畑さんはアメリカで何も出来なかった。だがあなたは出来ないことは出来ないと言う勇気があった。その勇気をここから真の総合商社創りに使いませんか？」

その池畑も「はい」と言わない。それほど皆が知った秘密が重いものだったからだ。

誰もが押し黙る中で、稲山が意を決したような表情で和久井に訊ねた。

「これは私怨ですか？」

和久井は無表情だった。

稲山は続けた。

「班長は三十年前の神風班で、同期の来栖和朗と共に働いた。そこで何をされてきたかはファイルから詳しく知ることが出来ました。来栖氏は大変な仕事をしてきている。そしてこの暗号文章、そこには来栖氏が当時の玄葉社長を引き継いで行ったこと、表沙汰にしてはならないことが記されている。その時の来栖氏を巡って和久井班長は煮え湯を飲まされるようなことをされたのではないですか？　大変失礼ですが同じ神風班にいた二人のうち一人は社長になり、もう一方は役員にもなれず定年で退職の予定でいらした。あまりに違い過ぎるお二人のあり方から、和久井班長がなさろうとすることは、私怨なのではないかと邪推してしまいます」

仁も池畑も稲山は凄いと思った。

（思い切ったことを堂々と言う）

だがその二人を驚かせたのが和久井だった。

「そうですよ。私怨です。悪いですか？」

三人はその言葉に唖然となった。

「私は三十年前の神風班で来栖のバックアップをやった。来栖のやることの全てを支援し記録した。天才である来栖は縦横無尽に動き回り煌めいていた。同期なのに、同じ人間なのに、これほど違うのかと……嫉妬を通り越し、同じ時代に同期として生きる自分の運命を呪いました。天才モーツァルトにその才能を嫌と言うほど見せつけられる、凡才のサリエリ。圧倒的な才能の差に心が絞めつけられる思いを経験をしてみれば分かりますよ。どんなものがそこに生まれるか……」

和久井はどこか遠い目をしながら続けた。

「ですが私怨も大切だと今回思いました。来栖は深い考え無く、優秀な皆さんのバックアップとして私を社長特命班の班長に据えた。これが分かった時に思いましたよ。私怨を晴らすチャンスだと。そして途轍もないエネルギーが湧いた。絶対に社内テロを、来栖への復讐を成功させて真の永福商事の未来を切り拓いてやろうと……」

明け透けに言う和久井に稲山が声を荒らげた。

「ですが私怨を晴らそうとする班長に、私は従うことは出来ません。我々がやるのは仕事であるべきです」

和久井はそれを聞いて薄く笑った。

「あなたの『総合商社不要論』からすれば永福商事は、〝仕事〟をしていないということなのではないですか？」

ウッと稲山はなった。

「永福商事の、総合商社の未来を創るには革命が必要なのは、あなたの論文を読めば明白だ。そう、我々は革命を行う。テロとは革命を目指す過程の暴力行為を体制側が否定・非難して用いる言葉です。永福商事という体制を破壊するのはその意味でテロです。標的は社長の来栖であり、原油天然ガス事業部です。双方を抹殺するための材料は先ほどの暗号文章であることは分かって頂いたと思いますが？」

仁がそれに言った。

「班長がやろうとするテロの先には、真のＳＤＧｓやＥＳＧがあるということですか？」

和久井は大きく頷いた。

「私が求めているのは先ず人を活かすこと。そしてそこから自然を活かす、地球環境を活かすことです。ＲＯＥ〔Return On Equity（株主資本利益）〕ではなくＲＦＨ〔Return For Human（人への利益還元）〕を推進する。その中心に日本の総合商社を据えることです」

池畑が難しい顔をして言った。

「その為には全ての総合商社の安住の源となっている、資源・エネルギー部門を解体しなければならないとお考えなのですね？　そしてそれを創り出した来栖社長を同時に葬ることで、確実に新しい未来への道を拓くと？」

まさにその通りだと和久井は頷く。

「私の練った作戦通りにやれば大丈夫です。ＡＩによる事業分析を隠れ蓑に」

そこから和久井は詳しく説明していった。

三人はその作戦に驚きながらも、〝革命〟が本当に出来るのではと思い始めていた。

◇

永福商事の原油天然ガス事業部に、社長特命班員が常駐しての事業調査は終わった。

そうして更に二週間が経った日、社長特命班長の和久井は、原油天然ガス事業部長のもとへ報告に訪れた。

「ＡＩを使った事業分析に資する材料は、提供出来ておりましたでしょうか？　既に分析は始まっていると聞いておりますが、何か結果が出ておりますか？」

部長は慇懃に和久井に対応する。社長特命の肩書の威光は強い。

和久井は眉一つ動かさずに言った。

「解体しかないですね」

部長は何の話か分からない。

「貴部設立から全ての財務内容、事業内容、事業推進経緯をインプットし、ＡＩに分析させた結果、貴部を原油と天然ガスそれぞれの事業に分離し、貴部を解体させろという結論が出ました」

一瞬唖然とした後、部長は破顔一笑した。

「面白いですねェ！　まさに空想、絵空事！　そんなものをＡＩが描くとは意外でした」

和久井は表情を変えないで言った。

「部長には今私が言った方向、つまり原油天然ガス事業部を解体し、その後別会社化する方向で動いて頂きます。直ちに部内にプロジェクトチームを編成して下さい」

夢でも見ているのかと部長は思った。

「和久井班長、冗談をおっしゃってるんですよね？　何か他の案件での含みを持っての前振りとしてもほどがありますよ」

部長の言葉は怒気を含んでいる。

和久井は無表情のまま言った。

「冗談ではありません。直ちにプロジェクトチームを編成し……」

と言いかけたところで部長が怒鳴った。

「あなたはこの部がどんな存在か分かっているのか‼　永福の収益は殆どこの部で稼いでいるんだぞッ。それを解体？　分離して別会社化？　そんなこと出来る筈がないだろ‼　そんなことをしたら永福は潰れるぞ‼」

するとすっと和久井は立ち上がった。

「一週間後に参ります。その時、進捗状況をお聞かせ下さい」

「……」

そう言って平然と出て行く和久井の背中を、部長は唖然と見ているだけだった。

「なんだ⁈　頭がおかしいのか？」

部長は直ぐに担当役員に電話を入れた。

役員は笑って言った。

「社長特命班とは何事かと思っていたが……そんな馬鹿に付き合っている暇はないよ。コロナ禍で色々と仕事に支障がある中、何を言いだすのか、俺のほうから社長に話しておく。社長も驚かれる筈だ」

そして翌日、役員から部長に電話があった。

「社長はこうおっしゃっていた。『これは一つのシミュレーションだ。社長特命班には様々な事業環境の変化を想定して、各事業部に働きかけを行えと言ってある。シミュレーションではあるが真剣に行ってくれ』とのことだ。だから適当にあしらうことは止してくれ。コロナ禍で大変な折だが何とか上手く対応してくれ」

部長は了解しましたと電話を切った。

「なるほど事情は読めた。だがあの和久井という男、芝居掛かりやがって。シミュレーションならシミュレーションと最初から言えよ！」

そうして原油天然ガス事業部内にプロジェクトチームが結成された。

『当部の分離解体を前提にシミュレーションを行った場合の、永福商事の事業価値の変化と影響について』

そのテーマで作業が行われることになった。

翌週、和久井が原油天然ガス事業部長を訪ねて来た。

「如何ですか？　進捗度合いは？」

部長は笑った。

「和久井班長もお人が悪い。シミュレーションならシミュレーションと最初からおっしゃって頂けば良いのに……」

和久井は特に反応もしない。

「で？　進捗度合いは？」

（いけ好かない奴だな）

部長はそう思いながら、プロジェクトチームが作成した工程表を見せた。

ざっと目を通すと和久井は頷いた。

「さすがは永福の大黒柱だ。人材が優秀なことが一目瞭然です。短期間で実務に基づいて実行可能なものを創りあげてらっしゃる。これで希望が持てます」

部長は首を捻った。

「希望が持てますとはどういう意味でしょうか？」

和久井は微笑んだ。

「深い意味はありません。ではこの工程表に従って、シミュレーションとやらをさらに進めて頂けますか？　宜しくお願い致します」

そう言って出ていった。

「シミュレーションとやらとはなんだやらとは！　本当にいけ好かない奴だなッ！」

部長は独りになるとそう毒づいた。

それからひと月が過ぎた土曜日の朝六時。

原油天然ガス事業部長は自宅でまだ眠っていたが、仕事用のスマホが鳴った。

それは次長からの電話だった。

「大変です‼　毎朝新聞の一面を見て下さいッ‼　大変なことがスクープされてます‼」

「毎朝新聞？」

自宅に経済新聞しかとっていない部長は、一体何が載っているのかと訊ねた。

「⁉」

それを聞いた部長はパジャマ姿のまま玄関を飛び出しコンビニへ走った。

毎朝新聞を取り上げその場で一面を見た。

大きな活字が扇情的に踊っている。

「……どういうことだッ⁉」


その前日の金曜の夕刻、和久井貞雄は馬喰町の福富ビル内の神風班で話していた。

「いよいよ明日の朝刊に載ります」

青山仁、池畑大樹、そして稲山綾子の三人はその言葉に緊張を覚えた。

「皆さんはよくやってくれました。大丈夫。全て上手く行きますよ」

そう言って微笑む和久井に対して、三人は不安の面持ちを隠さない。

「やっぱりこれって……真珠湾攻撃のようなもんじゃないんですか？　成功したとしても最後は悲惨な結果が待っているんじゃあ？」

仁は沈痛な表情でそう言った。

そして池畑も不安に声を震わせる。

「明日の朝、永福だけではなく日本の総合商社全てに激震が走る。その後で本当に何が起こるのか……全く見えないんじゃないですか？　僕らがやったことはあくまでもシミュレーションにすぎない。本当に上手くいくのでしょうか？」

　和久井は優しく頷いた。

「見事な戦略と戦術を備えた事業プランになっています。皆さんは凄いですよ」

　稲山はその和久井をじっと見て言った。

「賽は投げられたということですね。私の腹は決まっています。ただこれだけは班長にお聞きしたい。班長の考えていらっしゃる理想の総合商社とはどんなものですか？」

　和久井は三人を見回してから目線を上にあげ口を開いた。

「ああ、季節よ、城よ」

　皆は驚いた。

「ああ、季節よ、城よ、無疵なこころが何処にある。俺の手懸けた幸福の　魔法を誰が逃れよう……俺はもう何事も希うまい、命は幸福を食い過ぎた……この幸福が行く時は、ああ、おさらばの時だろう」

　言い終えると和久井は微笑んだ。

「失礼しました。小林秀雄訳のランボーの詩の抜粋です。稲山さんの問われた〝理想〟という言葉に対して自分の生の心で答えようとしたら、このランボーの詩が浮かんだんです。

何故なら……」

和久井は不敵な表情になった。

「天才ランボーは二十歳になる前に詩という言葉の虚偽を捨て去り、ザラザラした現実を抱きしめることが自分の人生に残されたものだと信じた。そして仕事を求めて放浪し二十六歳で紅海の入口にあるアデンでアビシニアの蛮人相手の商人として、三十七歳で死ぬまで懸命に商売に打ち込んだ。私の理想の総合商社、それはランボーのような商人の集合体、ザラザラした手触りのある仕事に人生を賭ける。汗を流し無から有を創り出そうとする。カネや数字という記号、それらに縛られたり戯れたりせず、安住の誘惑に背を向け、ひたすら視線を先に合わせて前に進む。そんな人間たちの集まりが理想です」

三人はその言葉に心が震えるのを感じた。

仁が言った。

「これから起こること。それはテロではなく革命になるんですね？　永福がそんな理想の総合商社に生まれ変わる革命に？」

和久井は頷いた。

「そうです。ここから我々は本当に頑張らなくてはなりません。日本の総合商社を日本経済の未来を輝かせるための核とするのですから……」

三人は腹に力を入れた。

◇

青山仁は土曜日の昼、妻の美雪、息子の悟と三人で朝昼兼用の食事をしていた。

仁は昨晩一睡もできず、新聞も読まずテレビも見ずに、朝から焼きそばの支度をした。

ダイニングテーブルに置いたホットプレートで、家族の目の前で作るからそれほど時間は掛からず準備は整った。

後は焼くだけにしてマンションのベランダに出た。何も変わらない週末の風景だ。

美雪と悟がようやく起きてきた。テレビをつけても悟の好きなアニメのチャンネルばかりでニュースは流れてこない。

そうして仁は焼きそばを作った。

「美味しいよ！　お父さん」

悟は頬張ってそう言った。

「野菜をちゃんと食べなさいよ。ほらまたニンジンを避けてるッ！」

美雪が悟の皿を見て注意する。

そこにはどこまでも穏やかな日常がある。

「あっ、お天気」

キッチンの時計が十一時五十分を示し、天気予報を見ようと美雪がリビングにあるテレビのチャンネルを変えた。ダイニングテーブルから画面は見えるし音声も聞こえる。天気に続いてお昼のニュースになった。

ジューッ！

仁がそばをプレートに足してソースを掛け、湯気と共に大きな音があがった。

ニュースの音声が途切れ途切れになる。

「日本の総合商社……サハリン……外交機密文書が……ロシア政府は……永福商事の……」

そこで美雪が反応した。

「あれ？　今、永福商事って言ってなかった？」

仁は聞こえないのか、焼きそばを菜箸でしきりに混ぜている。

「ねぇ？　聞いてる？」

仁は焼きそばを美雪の皿に足して言った。

「今は食べる時間。ながら食いはよくないよ。君はいつも悟にも言ってるじゃないか」

そう言って意に介さない。

美雪は立ってテレビの前まで歩いて行った。

「あれ？　ニュース見んでええの？」

お昼前、食事の支度を整えた妻の真由美の声に、池畑大樹は驚いた。いつも週末の昼食はニュースを見ながらとる。

「あぁ……なんか静かに食べたい気分なんだ。真由美は？　テレビつけようか？」

その池畑の態度から真由美は異変を感じた。

このところ、夫からどこか落ち着かなさを感じていたが、それが今の態度で決定的な気がした。

真由美は微笑んだ。

「そやな。今日は静かに食べよ」

そう言ってうどんを出した。土曜の昼はうどんというのが池畑家の定番だ。

「今日は肉うどんやで」

甘辛く煮た牛肉とネギがのっている。

いつも大阪の出汁のうどんを美味しく感じる池畑だが、今日は味がしない。

真由美は娘にうどんを食べさせながら池畑に訊ねた。

「朝早うに、どこ行ってたん？」

池畑は真由美が寝ていると思っていたが、早朝に起き出してコンビニで毎朝新聞を買って公園のベンチで読んでいたのだ。

読み終えた新聞はゴミ箱に捨てて持ち帰っていない。

「あぁ、目が覚めたんで散歩したんだよ。何か買ってこようと思ったんだけど、まだ店とか開いてなくて……」

池畑は取り繕うようにそう言った。

「そうか」

真由美は池畑が仕事絡みでなにか隠しているのを確信した。

池畑は池畑で真由美が自分を変に思っているのが分かった。そうして観念したように言った。

「永福のことで大きなニュースが出る」

ヘッと真由美は顔をあげた。

「どんなこと？」

池畑は頷いてから口を開いた。

土曜の夕刻、稲山綾子は湾岸の自宅マンションで毎朝新聞を何度も読み返していた。

「……」

独身の稲山は独りであることで仕事に集中出来るのが自分の強みと思っていた。

しかし、今この状態は、ある種の逃げ場のなさを感じて苦しい。

「週明けにはどんなことになるのか？」

朝の毎朝新聞のスクープ記事を確認した後で、稲山は和久井に電話を入れた。

和久井は来栖社長が緊急招集を掛けた役員会に呼び出されたと言った。

「当然でしょうね。私が情報をリークしたとしか考えられないんですから」

和久井は落ち着いていた。

「役員会が終わられたらお電話頂けますか？」

と稲山が頼むと和久井はするとかしないとかの返事をしなかった。

「まぁ……週明けに全てが動きます。そこからにしましょう。十分英気を養っておいて下さい。これからが本番ですから」

そう言って電話は切れた。以後、和久井からの電話はない。

夜のテレビのニュースはこの話題で持ちきりだった。

そうして稲山は何度読んだか分からない毎朝新聞をまた手にした。


総合商社の資源利権、ロシアとの密約で獲得か？

日本の総合商社五社（永福商事、帝都商事、日章物産、加藤忠、丸藍）が持つロシアでの原油・天然ガス巨大権益、その獲得にロシアとの密約があったことが、毎朝新聞が独自に入手した資料から判明した。資料はロシア外交機密文書とそれを裏付ける日本の外務省関連資料。

旧ソ連崩壊直前の一九九一年、当時の永福商事社長であった玄葉琢磨氏（一九九二年死去）が主導して低迷していた原油・天然ガス市場のテコ入れの一環として、旧ソ連政府と権益獲得の交渉を進める中、旧ソ連は崩壊、玄葉氏は日本との領土交渉を前向きに進める条件で、新興ロシア政府を後援し、当時の価値としては一兆円に満たない原油・天然ガス田権益を二兆円の援助金を含めた総額三兆円で総合商社五社全体で獲得、玄葉氏は同時に日本政府に対してロシアの権益が獲得された場合、二兆円のＯＤＡ（政府開発援助）を長期で実施させ、援助事業を総合商社五社のひも付きとするよう交渉を進めた。

玄葉氏は一九九二年に病没するが、その後の交渉を引き継いだのが永福商事現社長の来栖和朗氏。来栖氏はロシア政府、日本政府そして総合商社五社を纏め、権益の獲得を成功させた。しかし、その後ロシア政府は領土交渉に難色を示し、全く進展を見せていないのが現状である。原油・天然ガス価格はその後に上昇を続け、現在ではロシアの権益は当初の五倍以上の価値とされ、現在総合商社の収益の柱となっており、結果的にロシア資源権益の獲得は成功といえるが、領土交渉の進展を目的とした二兆円の実質援助金、そしてその回収を目的とした同額の長期ＯＤＡは総合商社五社と日本政府との不健全な癒着といえ、それを主導した永福商事の来栖社長の社会的道義的責任は免れず、総合商社五社も同様の責任を有すると考える。

稲山はテレビをつけた。

ニュースでは当時の映像や政財界の関係者へのインタビューが流され、永福商事本社ビルであるNFタワーが話題が変わる度に映し出される。

稲山は和久井の言葉を思い出していた。

和久井はロシア外務省の機密文書の写しと、日本の外務省と玄葉や来栖との公電のやり取りの記録を見せながら言った。

「この密約の関連事項に贈収賄は一切ありません。そこは玄葉琢磨と来栖の立派なところです。ビジネスマンとしての矜持(きょうじ)があります。領土交渉をソ連崩壊というチャンスを利用して一気に進めたいとする日本人としての心が、当時の官邸と外務省を動かした、それは紛れもない事実ですから来栖が逮捕されることはありません。まぁ三十年前のことですから時効といえば時効です。しかしこれで世間は大騒ぎになる。ＯＤＡの不健全な運用のあり方は明るみに出る。総合商社五社が持つロシアの資源権益のあり方は大きな問題とされる筈です。来栖が道義的責任を取って辞任するのは必至です。そして間違いなく原油天然ガス事業部にはメスが入れられる。そこからが本当の仕事です」

本当の仕事……和久井はその青写真をシミュレーションという名目で原油天然ガス事業

部に前もって作らせており、神風部の三人にもＡＩへのインプットと称して収集した資料を基に、精緻（せいち）な事業計画を作らせていた。ここからの動きを完璧（かんぺき）に読んだ上で準備を整えてのテロだったのだ。

「和久井班長は本当に凄い。だが……」

そこで初めて稲山はある疑問を持った。

「和久井班長とは本当は何者なんだろう？」

眼下の東京湾はすっかり暗く闇（やみ）に溶け込んでいた。

永福商事社長、来栖和朗は永福を去った。

ロシアとの権益密約では野党が来栖他関係者の証人喚問を要求したが、官邸は「三十年前のことであり現在はＯＤＡも健全に機能し問題ない」として突っぱねた。しかし来栖は社会を騒がせた責任を取って辞任したのだ。

その後、総合商社五社が持つロシアの天然資源権益は、その出自の不透明さから批判の対象となり、各社は対応を迫られた。

新型コロナウイルスで国民の八割のワクチン接種が完了し、コロナの収束が見えてきた頃、経済新聞の一面に大きな見出しが躍った。

『総合商社五社　資源・エネルギー部門を分離　別会社化し将来的には独立へ』

その新聞を朝食のパンを食べながら読んでいた青山仁は、妻の美雪にせかされた。

「早く食べないと遅れるよ。今日から新しい部なんでしょ？」

仁はそうそうと言ってコーヒーを飲んだ。

「あなたの会社は世間を騒がせたんだから、ちゃんとやりなさいよ！」

ちゃんとってなんだよとブツブツ言いながら、仁はコーヒーを飲み干し立ち上がった。

「じゃ、行って来ます」

ちゃんとやるのよと仁の背中に美雪が再び声を掛けた。

そうしてマンションを出て、地下鉄の駅までの道を歩きながら仁は考えた。

「なんだか夢を見てるみたいだな」

ここまでの展開がどこか現実離れしていて信じられない。

仁は新たに創設された総合経営企画部の第二課長に任命され、今日がその初日だ。

馬喰町の社長特命班、神風班への配属から一年、急展開に翻弄され続けたように感じる。

「全てが大きく変わるんだ。それを俺はやらないといけない」

大手町に着き、ＮＦタワー三十階にある総合経営企画部に入った。

「おはよう」

声を掛けて来たのは池畑大樹だった。

同じ部の第一課長が池畑だ。

「おはよう。今日からだな」

あぁ今日からだと池畑は頷いた。

部の全員が大会議室に集まった。

部長が書類を抱えて入って来た。それは永福商事史上最年少で部長になった人物だ。

部長は部の全員に書類を配った。それは仁と池畑には馴染みあるものだ。

部長はこう口火を切った。

「今日から総合経営企画部がスタートします。嘗ての経営企画部を発展的に解消させて設立された全く新しい部になります。ここに集まった人たちはその全く新しい部で全く新しい永福商事を創る作業を行って貰います。その為に先ずはこれを読んでおいて頂きたい」

それは『総合商社不要論』だった。

部長の稲山綾子はそのタイトルを見て驚く部員の顔を見回した。

その中に二人微笑んでいる者がいた。仁と池畑だ。

稲山は二人を見て小さく頷いた。

社長特命班、神風班最後の日。

それはあのロシアと総合商社の密約が公になってひと月経った日だった。

「皆さんは再び人事部付きになります」

班長の和久井はそう言った。

「元々社長特命班でしたから……来栖社長が辞任されることになった今、その存続はなくなったことになります」

当然そうなるだろうと皆は思っていた。

「和久井班長はどうなるのですか？」

稲山は訊ねた。

和久井は会社の機密情報をリークした責任は重いと辞職を申し出ていると言った。

「まぁ、神風班の班長ですから……命を賭してことを成したことになります」

それも当然だと皆は思った。

そこで稲山が再び訊ねた。

「和久井班長は私怨を晴らされた。それで満足ということですか？」

あぁと何かに気がついたように和久井は顔を向けた。

「私怨……そうか、そんなことを言いましたね。そうだ、私怨を晴らした」

その和久井の態度に皆は違和感を持った。

仁が口を開いた。

「我々は神風班で何をやったのでしょうか？　本当にこれで良かったのでしょうか？」

池畑が続いた。

「これまでの総合商社を解体させて革命を起こす。ある意味、テロは成功した。永福商事は原油天然ガス事業部を分離させると表明した。しかし、革命はこれからですよね？　それには和久井班長は関わらないんですか？」

和久井は微笑んだ。

「全て次の社長が決めることです。神風班長の役目はこれで終わりです。班員の皆さんには本当に良くやって貰いました。心から感謝しています。皆さんの将来が栄光に満ちたものであることを祈っています」

そうして神風班は解散となった。

だが仁も池畑も稲山もどこかスッキリとしないものを感じていた。しかし、それはその後に明らかにされたことで全て解消された。

神風とは何であったのか……その正体を知って三人は深く納得したのだ。

稲山は新しく発足した総合経営企画部の部長として最初のミーティングを終えた。

稲山が書いた『総合商社不要論』を叩き台に皆で熱い議論が行われた。

革新的総合商社、ネオ総合商社。日本経済の未来を担う総合商社とはどのようなものか議論がなされた。

総合商社の本来性を取り戻す。資源部門からの収益が消える中、総合商社でしか出来ないことをやる。ある者はここからはＩＴやＡＩが収益の柱になると主張した。

「確かに情報関連の付加価値は大きい。でもそこに人がないと駄目なんじゃないか？　僕はアメリカでビジネスをしている時にそれを思った。ＩＴやＡＩは技術だ。道具だ。しかし、今はそれに人間を使役させる方向に進んでしまっている。それでは人間が技術に支配される。ネオ総合商社の情報事業はどこまでも人間中心、技術への恐怖を認識しながら進めないといけないんじゃないか？」

そう言ったのは池畑大樹だ。次に青山仁が続いた。

「僕はフィリピンのアクロスＮＦをまさに人間中心の事業体にしようとした。そこで働く者、その家族、地域社会をも豊かに幸福にするものを作っていった。総合的幸福。アッ、今良い言葉を自分で言ったな。そう、総合的幸福の核、それになるのがネオ総合商社だよ」

そして稲山が言った。

「これからあらゆる事業体は、利益の極大化を目指すだけでは許されなくなります。ＥＳＧやＳＤＧｓ（持続可能な開発目標）は勿論のこと、自分たちの事業に関わる全ての存在、人や物、環境、それらへの貢献を目指すものでなければならない。私はこの総合経営企画部で生む付加価値、収益の配分を次の割合で考えていこうと思っています。人へ五十パーセント、モノへ三十パーセント、情報へ二十パーセント……人とは顧客、そして永福商事の従業員とその家族、永福が拠点を置く地域の住民。関連するもので雇用を拡大することで人を最も大事にしていることを示したい。モノとは商品、製品、生産設備、そこには環境保全とＳＤＧｓが必ずセットになっていないといけない。そして情報、人とモノそしてカネに関わるあらゆる情報を点と点ではなく面で考える。二次元ではなく三次元、さらに四次元で考える。そうやって人、モノ、カネの新たな結合、新結合を発見することで新たな事業創造を行っていきたい。その中心には常に人がいる。ＲＯＥ（株主資本利益）ではなく事業に関わる全ての人間へのリターンの配分を目指すＲＦＨ（人への利益還元）を提唱したいと考えています。総合商社の最大の強みは〝総合〟にあります。様々に異なるもの、段階の違うもの、を結びつける〝総合〟。それをこの総合経営企画部は行っていきます。そしてそこでは事業体としてのコミットメントを明確にしていく。コミットメント・コンファームということも同時に行っていきます。我々はファンドではありません。数字だけで判断する存在ではない。ザラザラした手触り、それを感じながら〝総合〟への責任を果たしていくのです」

稲山の言葉に部員全員が頷いた。

稲山は総合経営企画部の最初のミーティングが終了すると、内容を速やかに纏めて新社長にメールを送った。

新社長は部長の稲山と課長の仁、池畑に社長室に来るように伝えて来た。

「失礼します」

稲山と仁、そして池畑の三人は秘書に先導されて社長室に入った。

そして応接用の椅子に座った。

直ぐにパーティションの向こうから新社長が現れた。

「総合経営企画部のキックオフミーティングのまとめを読ませて貰いました。期待出来ますね。これまであなたがたがやって来たことも踏まえて、新たな総合商社の創造を実現して下さい。お願いしますよ」

ありがとうございますと三人は頭を下げた。

「……最初から全てお膳立てされていたんですね。テロも革命の準備も」

仁は新社長に向かってそう言った。

「さぁ、どうでしょうか」

和久井貞雄は、静かに微笑むだけだった。

終章　トレードゼロ

神田の老舗蕎麦屋『室町砂場』にサラリーマン姿の初老の男が二人、小上がりで熱燗を飲んでいた。

焼き鳥、玉子焼きと焼き海苔が並んでいる。

コロナがようやく収束を見せての夕刻、昭和のアフターファイブの光景が戻ったかのようだ。

「ようやくこうやって酒が飲める。日常が戻って来たな」

男の一人がそう言った。

「昔、小林秀雄がこの店で蕎麦を知人と食べている時に『あなたの「無常という事」を読んだが、今一つ分からない。どういうものか具体的に教えて貰えないか?』と訊ねられて『ここの蕎麦がなくなるようなものだ』と言ったという」

「コロナが収束した今はその逆だな。無常ではなく常が戻った。そういうことだ」

そう言った男が銚子を差し出し、もう一人が猪口の酒を飲み干した。

暫く間があってから男が言った。

「本当にこれで良かったのか？」

それは和久井貞雄だった。

「ああ。全て上手く行った。お前のお陰だ。これから大変だが頼むぞ」

そう言って銚子を差し出したのは来栖和朗。その酒を和久井は盃で受けて飲んだ。

「手酌でやろう」

来栖がそう言うと和久井は頷いた。

永福商事の前社長と現社長、しかし今その二人が揃っていることは奇妙だった。

「お前とこんな感じで最初にじっくり話をしたのはニューヨークのウォルドルフ・アストリアだったな？　三十年前の……」

和久井の言葉に来栖は頷いた。

「そう。あれが全ての始まりだった。最初の神風班、玄葉社長直轄部隊。あの時からお前に助けて貰ってきた。お前がいなかったら永福も俺もない」

和久井は笑った。

「言い過ぎだ。三十年前に来栖の能力を玄葉社長が買ってお前に全てを託した。おれはサポートを続けただけだ」

そこで来栖は申し訳なさそうな顔をした。

「玄葉社長から託されたことの半分も俺はできなかった。そればかりか宝くじに当たったような資源部門の収益に甘えて、真の事業改革や事業強化をやれなかった。それは本当に申し訳なく思っている。玄葉社長に対してもお前に対しても……」

和久井は複雑な表情をした。

「お前がそうやって自分を否定し、永福を、総合商社を否定し、自裁といえる行動に出ると俺に話した時、俺は思ったよ。お前は流石だと。お前にしかそんなことは出来ないと思った」

来栖は頷いた。

「だからお前に託したんだ。俺というものを一番知っているお前に……」

そう言って盃を空けた。

「俺は来栖のサポートで仕事人生を終えるものだとずっと思っていた。お前という天才を誰にも知られず様々な形で長きに亘(わた)って支えることに誇りと喜びを感じていた。その俺にお前自身と永福、そして日本の総合商社を否定し、その根幹を揺るがせるようなテロをやってくれと言われた時には唖然としたが、やはりお前は凄いと思った。真の神風を吹かせることの出来る人間はいるのだと思ったよ」

来栖は焼き鳥を頬張って首を振った。

「お前には大変な重荷を背負わせることになった。許してくれ」

そう言う来栖に和久井は言った。

「俺は嬉しいんだよ。お前にそこまで信頼されていることが。正直、社長の柄ではないのは分かっているが、お前からやって欲しいと言われた時には躊躇（ちゅうちょ）なくやろうと思った。何故ならお前の判断をこの世で一番信頼しているのが俺だからだ」

その言葉で来栖は目を潤ませた。

和久井は続けた。

「お前の壮大な目的の為に新たな神風班を作ってくれと言われ、お前が人選した三人と仕事を始めて分かった。稲山綾子、青山仁、そして池畑大樹の三人はお前だ。そして玄葉琢磨でもあった。三人で一つ。三人で一人。その可能性を最大限に引き出してやれるのはお前を最も知る俺しかいない。社長ではあるが俺は今までと変わらんということだ。総合経営企画部という〝新たな来栖和朗・新たな玄葉琢磨〟のサポートをするだけだ」

来栖は頷いて横に置いてあるレポートを手に取った。

「総合経営企画部のキックオフミーティングの纏め。これを読んで和久井たちに託したことが間違いないと思った。これはまさにネオ総合商社のトレードゼロだ」

その言葉に和久井が驚いた。

「トレードゼロ？」

来栖は頷いた。

「ここから日本の、総合商社の、あるべき姿、ネオ総合商社が始まる。俺はそう確信した。大航海時代のヴェネツィアの商人たちの魂を持ち、地球環境をリスペクトし、何より自分を含めたあらゆる人間たちの幸福を追求する存在となれる。真のトレードはここから始まる。だからトレードゼロだ」

和久井はその来栖をじっと見つめた。

来栖は続けた。

「極大化した富の格差の解消も、ネオ総合商社は行える。差異を利益に換えるのがトレードだが、これからはその利益を格差を埋めるために使うことになる。ヒト、モノ、カネを〝総合〟することでそれは可能になる。そして和久井、お前は妥協の重要性を知っている。一神教をベースとして黒か白かの二者択一や二元論を好む欧米人とは異なる思考の出来る日本人の〝和〟の心、利他の思想、それが難しい問題では互いに妥協を図ることで解決に向かわせる。トレードゼロの核は〝和〟だと、〝和の総合〟あっての利益だと和久井が常に知らしめてくれ」

和久井は大きく頷いて言った。

「お前は凄いよ。相変わらず凄い」

来栖は首を振った。

「全て玄葉琢磨の受け売りだ。彼の目指した真の総合商社を俺は創れなかった。だから俺はここで自裁するしかなかったんだ。自分自身でテロを起こし、真の未来を創る為の神風を吹かすしかなかったんだ」

そうして来栖は微笑んで言った。

「蕎麦食おう」

和久井は頷き「天もり二つ」と注文した。

「良いもんだな同期は」

来栖は遠くを見るようにしてそう言った。

「あぁ、良いもんだ」

和久井は天井を見てからぐっと盃を空けた。

◇

稲山綾子は、週末、湾岸の自宅マンションで鎌倉（かまくら）の実家の母と携帯のＺｏｏｍで話していた。

「あなたが部長なんて本当に大丈夫なの？　仕事ばかりで結婚からどんどん遠ざかるじゃない。父さんも心配しているよ」

そんな母に稲山は笑った。

「大丈夫よ。次の週末には一度顔を見せるから、その時に色々。じゃあね」

携帯の画面を切るとパソコンに向かった。

稲山は新たな論文を纏めていた。

それは近未来に永福商事が中心となって成さねばならないものだとの確信があった。

稲山は様々な論文を読み、関連する事業の報告書を読み、そして多方面から情報を集めて分析を重ねていた。

「やはり……二〇三〇年からが危ない」

そう呟くとパソコンから離れてベランダに出た。

昼下がりの穏やかな東京湾が広がっている。

「この海の向こうからやって来るもの。日本という国が海の向こうに頼っていることを最も分かっていないもの……」

そう呟いた。

「それはこれまでのビジネスの発想では回避できない。総合経営企画部の理念あってこそ避けることが出来るだろう」

パソコンの画面には論文のタイトルが浮かんでいた。

『来たるべき世界規模の食糧不足』

◇

池畑大樹は妻の真由美、娘の真樹と一緒に駒沢公園を散歩していた。

「ワクチン接種してコロナは収束したと言われてんのに、まだみんなマスクしてるなぁ」

真由美はそう言った。

池畑一家もマスクを付けている。

「一旦そういう風になるとなかなか変わらないのが日本人なんだろうな」

欧米での光景とは全く違う今の日本を見て池畑はそう言った。

そしてふと思った。

「日本人……慣れてしまうと自ら変わろうとはしない。そんな日本で革命を起こすなんて本当はありえないことなんだろうな」

永福商事は、来栖前社長自らがテロの黒幕となることで創造的破壊を成功させた。そして本当の革命、ネオ総合商社を創っていくのがこれからの池畑の仕事なのだ。

駒沢公園には大勢の家族連れが来ている。

「こういう穏やかな光景を見てると何を大事に仕事をしていかないといけないか、分かるような気がするよ」

池畑は真由美にそう言った。

「そうか。そらエエわ。あんたはエリートやけど仕事だけのエリートとはちゃう。心のエリートやからな。新しい仕事も家庭もどっちも大事にしてくれるやろ？」

池畑は頷いた。

「大事にしないといけないものは沢山ある。本当に大事にしなくてはいけないのは人。自分と家族、自分と会社の人たち、自分と関わる全ての人……それを大事にすること。それが僕の新しい仕事を活かすものになると思う」

その池畑に真由美は微笑んだ。

「エエな。あんた、なんかカッコエエよ」

池畑は少し照れる様子を見せた。

◇

「今晩、何食べさせてくれるの？」

台所に立って野菜を刻んでいるエプロン姿の青山仁に、妻の美雪は訊ねた。

仁は大きな声でカレーだよと言った。

「やったぁ！　お父さんのカレーだッ！」

携帯ゲームをしている息子の悟がはしゃぐ。

仁はタマネギを刻んでポロポロ涙を流しながら思っていた。

「家族を喜ばせるのは良いもんだ」

鍋に刻んだタマネギと切ったニンジン、そして牛肉を入れて炒め始めた。ジャガイモは皮を剥いて別に茹でている。仁のカレーは塩茹でしたジャガイモを後からのせて味わう。そのスッキリとした味わいが家族に評判が良い。

仁はカレーを作りながら思っていた。

「新しい永福、その司令塔としての総合経営企画部……まだ何が創れるか分からないけど、本当に楽しみだ」

そうして六時にカレーは出来上がった。

「いただきます！」

三人が一斉に食べ始める。

「美味しいね！　お父さんのカレーは美味しいッ！」

そうかと仁は悟に微笑む。

「なんか違うんだよねぇ……あなたのカレー。本当に美味しく出来てる。不思議よねぇ」

そう呟く美雪に、仁は愛情が入っているからだよと微笑んだ。

いつもは一言居士の美雪が素直に頷いた。

「そうだね。愛情は入っている。それは分かる」

意外な美雪の反応に仁は驚いた。

「私も感謝してんのよ。仕事が大変なのに、週末の食事当番はちゃんと手抜きせずにやってくれる。手抜きしてる私が言うんだから間違いないよ」

美雪の明け透けな言い方に、仁は苦笑いしながらも「嬉しいね」と言った。

「家族で食べて喜べる。単純にこれが一番良いよね」

仁の言葉に美雪は頷いた。

「コロナでどうなるかと思ったけど日常が戻った。この日常が続くのか、また何か起きるのか……分からないけど、家族で喜べる時間は一番大事だね」

仁は「そうだよ」と言ってカレーを口に運んだ。

ふとその時、不思議なことが頭に浮かんだ。

「あぁ、ネオ総合商社ってカレーになればいいんだ。色んなものを入れてごった煮にしても沢山の人が美味しいと思って食べられる。カレーのような存在の組織にして個々の具材である事業を考えれば……」

色んなアイデアが湧いて来る。

「カレーかぁ……悪くないかもしれない」

すると美雪が言った。

「なに？　あなたカレー屋をやりたいの？」

仁はエッと言う表情をしたが直ぐに微笑んだ。

「そうなんだ。どでかいカレー屋。地球という鍋で作るカレー屋。それをやりたい」

そう言うと悟が笑った。

「そのカレー絶対美味しいよ。お父さんが作るんだもん！」

仁は「ありがとう」と微笑んだ。

本書はハルキ文庫の書き下ろし小説です。

ハルキ文庫

は 11-13

総合商社 特命班

著者 波多野 聖

2021年9月18日第一刷発行

発行者 角川春樹

発行所 株式会社角川春樹事務所
〒102-0074 東京都千代田区九段南2-1-30 イタリア文化会館

電話 03(3263)5247(編集)
03(3263)5881(営業)

印刷・製本 中央精版印刷株式会社

フォーマット・デザイン 芦澤泰偉
表紙イラストレーション 門坂 流

ISBN978-4-7584-4435-4 C0193 ©2021 Hatano Shō Printed in Japan
http://www.kadokawaharuki.co.jp/[営業]
fanmail@kadokawaharuki.co.jp[編集] ご意見・ご感想をお寄せください。

波多野聖の本

銭の戦争

第一巻 魔王誕生

明治21年に誕生した井深享介は小学生にして投機家の才能を見出され、相場師の道を歩み始める。日露戦争を背景に、魔王と呼ばれた天才相場師を描く歴史ロマン、堂々の開幕！

銭の戦争

第二巻 北浜の悪党たち

父に勘当を言い渡された享介は、〝実王寺狂介〟と名を変えた。相場の本場を勉強するため大阪・北浜へ出向き、北浜銀行の創立に剛腕を発揮した岩下清周（きよちか）、野村證券の創業者・野村徳七らと出会い相場の世界を拡げていく。